明日は結婚式

小路幸也

SHOJI YUKIYA

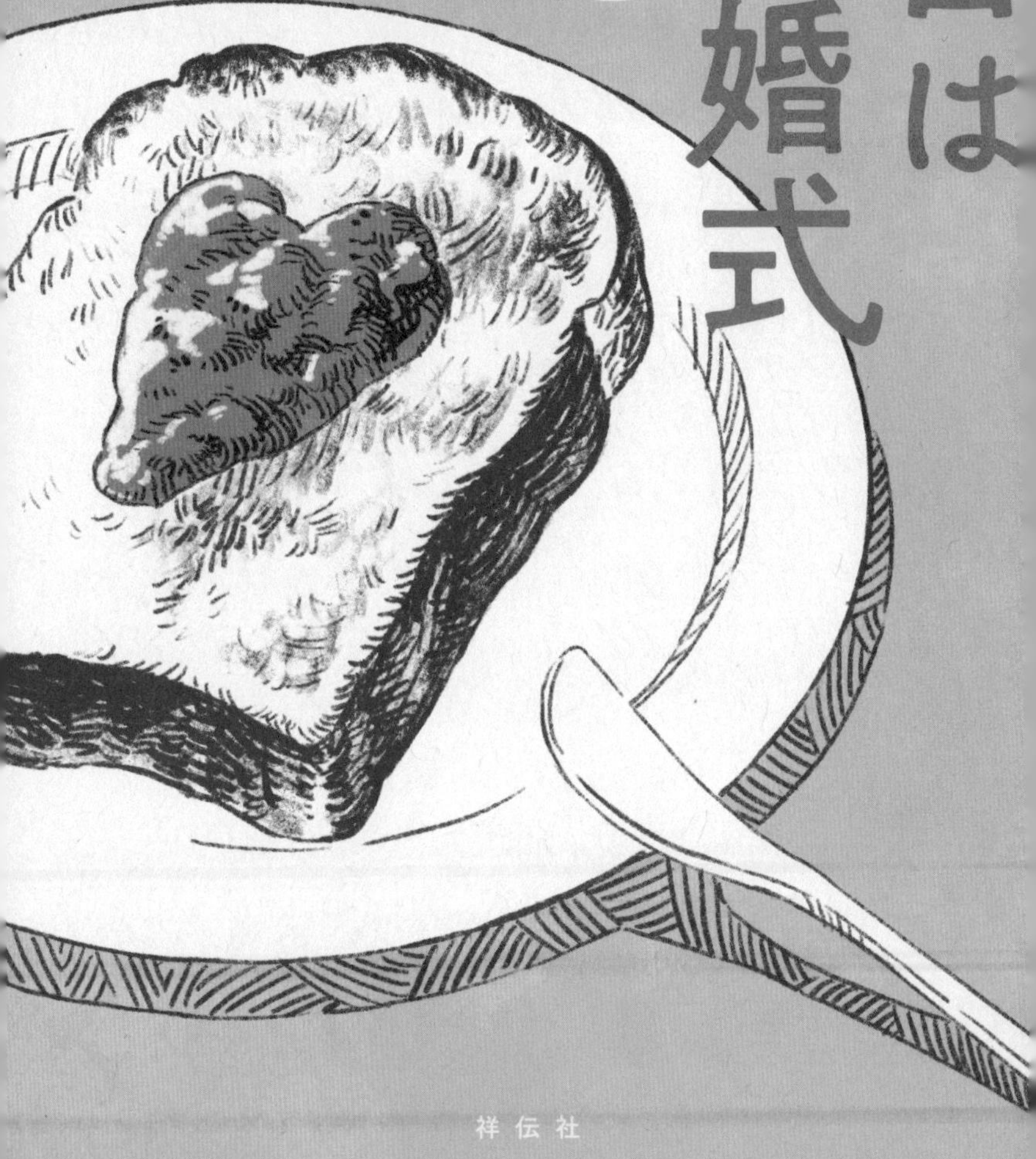

祥伝社

明日は結婚式

目次

井《い》東《とう》秋《あき》郎《お》〈新婦の弟〉――5
二十一歳　私立大学三年生

細《ほそ》井《い》真《ま》奈《な》〈新郎の妹〉――33
十七歳　高校二年生

綿《わた》貫《ぬき》壽《す》賀《が》子《こ》〈新婦の母方の祖母〉――59
七十八歳　無職

細《ほそ》井《い》光《みつ》彦《ひこ》〈新郎の父〉――87
五十九歳　〈ベーカリー　HOSSO《ホッソ》〉店主

井《い》東《とう》奈《な》々《な》子《こ》〈新婦の母〉――111
五十歳　専業主婦

細井久美《ほそいくみ》〈新郎の継母《ままはは》〉
四十二歳　主婦　〈ベーカリー　HOSSO《ホッソ》〉従業員　137

井東孝明《いとうたかあき》〈新婦の父〉
五十六歳　大手食品会社勤務　161

細井真由《ほそいまゆ》〈新郎の妹〉
二十一歳　〈ベーカリー　HOSSO《ホッソ》〉従業員　187

細井真平《ほそいしんぺい》〈新郎〉
三十一歳　グラフィックデザイナー　イラストレーター　213

井東春香《いとうはるか》〈新婦〉
二十六歳　信用金庫勤務　239

装幀：大原由衣
装画：刈谷仁美

井東秋郎《いとうあきお》

〈新婦の弟〉　二十一歳　私立大学三年生

三年生になった四月。

学食の入口でばったり敬介《けいすけ》に会った。

ずっと近所に住む幼馴染《おさななじ》みだから家の周《まわ》りではよく顔を合わせるけど、大学じゃ学部が違うから滅多《めった》に一緒になることはない。おぉ珍しいな、ってそのまま一緒のテーブルで昼飯を食べ始めたんだけど。

「えっ」

向かい側に座ってほぼ同時にカツカレーを口に運んだ敬介がそう小さく言って、僕を見たまま文字通り固まってしまったから、逆にこっちが驚いてしまった。

ひょっとしたら僕はたった今、人間が心底驚いた瞬間ってのを初めて目撃したのかもしれない。

「え、何でそんなに驚く」

「いや驚くだろ！　結婚すんの？　春香《はるか》さん」

「するけど」

明日が結婚式。

姉さんの。

新婦の弟である僕は明日は朝から夜までほぼ一日中式場にいる。家族としていろいろ式場でやることがあるらしいからだ。講義も全部休む。全部っていっても明日は概論とフランス語の

井東秋郎　〈新婦の弟〉　二十一歳　私立大学三年生

二つしかないし、二つとも休んでも単位は全然大丈夫だ。

なので、敬介に明日は休むって言って「何で？」って訊《き》かれて、姉さんの結婚式なんだって言ったら、こうなった。

「どうして黙ってた？」

「や、別に黙ってたわけじゃない」

親戚でも何でもないから教えなきゃならないって頭はまったくなかったし、たまたまそんな話をする機会もなかったっていうだけなんだけど。

え？

「まさか敬介、お前、姉さんのことが好きだったとか？　ずっとそれを隠していたとかってこと？」

「ちげぇよ」

あ、違うんだな。その顔でわかった。そうだよな。お前、こないだから一年生の子と付き合ってんだもんな。

「いやもちろん嫌いじゃないよ？　春香さんはもちろん人として好きだよ。いやちょっとかなりマジでびっくりだわそれ。結婚？　明日結婚式？」

「明日」

姉さんが結婚する。

「マジでか」

「マジでだ」

はぁ、って溜息《ためいき》をつく。

「小学校のときから知ってるのにさっさと教えてくれたっていいだろ」

何度も言うけど。

「別に隠していたわけじゃないし、今まで話題にならなかっただけだから」

そもそも姉とか兄弟の話を、普通は友達とはあんまりしないだろう。する人もいるかもしれないけど。

「実は姉ちゃんが結婚するんだ！　って嬉々《きき》として友達に言うか？　そういやお前の兄貴が結婚したことだって僕は後から知ったぞ？」

「や、まぁそりゃそうかもしれないけど、ついこないだ俺会ったじゃん春香さんに。久しぶりに。そのときに結婚するそうですねおめでとうございます！　ぐらい言いたかったよ」

「あぁ」

まぁ、そうか。そうだね。

確かに、お前は小学生のときからうちに遊びに来てて、姉さんには何度も何度も会ってるもんな。

会ってるっていうか、いろいろ話したりもするもんな。

井東秋郎　〈新婦の弟〉　二十一歳　私立大学三年生

「だってさ、俺、何ていうかそれなりにお世話になったぜ？　ほら、春香さん動物園に連れてってくれたじゃん！　小学校のときに」

「あー、あったね。五年生ぐらいだったか」

姉さんは、五歳上だ。

だから、僕らが小学五年、十一歳のときにはもう十六歳の高校生で。小学生にとっての高校生なんて、ほとんど大人と同じだった。

そして姉さんは、何ていうか、世話好きだ。僕が友達を家に連れてくると、何かといろいろやってくれた。

「世話好きじゃねぇよ。いや確かに世話好きな人なんだろうけど、春香さんは弟のお前のこと大好きじゃん。溺愛《できあい》って言ってもいいぐらいに。だからだよ」

「やめてくれ」

「事実じゃん。お前の母さん言ってたぜ。『春香は小学校卒業するときに、秋郎《あきお》のことが心配だからもう二、三年一緒に小学校に通いたいって泣いていた』って」

「いやそれはな」

事実だ。

いや事実らしい。

僕はそんな話を本人から直接聞いたことはないけれど、母さんや父さんは笑いながらよく話していた。

とにかく、姉さんは僕を構《かま》いたがる。

小さい頃一緒に外出するときにはいつも手を繋《つな》いできたし、朝起こしに来るのはともかくわざわざ部屋に入ってきておでこに手を当てて熱がないかどうかを確認したり、ご飯を食べていると僕の大好きなおかずを僕の方に少し寄越したり。

大きくなってからは身体《からだ》に良いというおかずを自分で作って食べさせたり、社会人になってからは自分の給料で健康器具を買ってきて僕にやらせたり。休みの日には一緒に映画を観《み》に行こうと言うし、美味《おい》しいパン屋さんがあるから一緒に買いに行こうと言うし。

とにかく、どうしてカレシや友達と一緒に行かないのかってぐらいに、僕に構ってくる。

「だろう？」

「それにはな、敬介。今まで話したことなかったけど、理由があるんだよ」

「理由？」

たぶんだけど。

他人に話すようなことじゃないんだけど、敬介ならいい。姉さんはそれこそもう一人の弟みたいに敬介を可愛《かわい》がっていたから。

「もう一人、兄弟がいたんだよ。僕の上に」

「上？」

「流産しちゃったんだってさ。母さん。僕が生まれる前にもう一人子供ができる予定だったんだよ」

敬介が、少し顔を顰《しか》めた。

「初めて聞いたなそれ」

「だから初めて言ったよ。積極的に話すようなことじゃないだろ」

「そうだな」

「そのとき、姉さんはまだ三歳だったんだ。でも、弟か妹ができるってものすごく喜んでいたってさ」

早く出ておいで、って、一緒に遊ぼう、って母さんのお腹《なか》に毎日のように話しかけていたらしい。

流産っていうものをその頃にちゃんと理解していたかどうかはわからないけど、母さんが入院してお腹の赤ちゃんがいなくなったことを、自分が早く出ておいでって言ってたせいだって思ってしまったらしい。

「ものすごい落ち込みようだったってさ。ご飯も喉《のど》を通らなくなるぐらい」

「三歳の子がか？」

「そう。子供を失った本人である母さんの方が逆に心配になってさ、元気なところを見せなきゃって頑張って毎日笑顔でいたぐらい、ずっと落ち込んでいたってさ」

顔を顰めて、敬介は少し息を吐いた。

「それでか。春香さんがお前のことを溺愛してるのは」

「まぁ、他人が姉さんと僕のことを見てそう思うんなら、たぶんそれが理由なんじゃないかなって。父さんや母さんもそんなこと言ってた」

僕が生まれてきたときには、姉さんはもう幼稚園に入っていた。

無事に生まれたときには、感動的なシーンのはずなのに父さんや母さんがちょっと引いてしまったぐらいに、涙を流して倒れ込むほどに安堵《あんど》して喜んでいたらしい。

幼稚園の子が、だ。

それぐらいに感受性の強い子だったたって言えばいいのか。

そう言うとすごく繊細な女性に育ったようにも思えるけどそんなことはなくて、姉さんはめちゃくちゃハートが強くて元気で、むしろがさつなところもあるぐらいの女性になっている。

僕としては、溺愛されているとは思わない。いやそもそも溺愛っていうものの基準がわからないし人それぞれの部分があるだろうけど。

本当に溺愛しているんなら、犬のポンタの散歩をめんどくさいからって僕に押し付けないだろうし、暑いからコンビニ行ってアイス買ってきてってパシリさせないだろうし、まともにカノジョができない弟を『あなたはいろいろ細《こま》か過ぎるのよ。メンドクサイ男だからよ』なんていう心無い言葉で軽く傷つけたりしないだろう。

まぁでも、いつも笑っているような顔をして、そして本当に皆を笑わせたりして周りを明るくさせる人だ。弟であろうと他人であろうと困っている人を見つけたら放っておけない、面倒見が良い女性であることは、確かだと思う。

「明るくて、優しくていい人なんだよ春香さん。本当にそう思うぜ」

「まぁね」

そういう姉さんが、明日結婚する。

教会での、結婚式だ。

午後の講義をサボるという敬介に付き合って近くの商店街の奥にある喫茶店に来た。本当に昔ながらの商店街の喫茶店って感じの〈珈琲《コーヒー》　さぼうれ〉。店名は文字通り〈サボれ〉ってことらしい。大学のすぐ近くの喫茶店でもあるから、学生にどんどんサボって来てほしいってことらしい。

ナイスなネーミングのせいか、いつ来てもここはうちの大学の学生たちでいっぱいだ。むしろここで勉強している奴の方が多いんじゃないかってぐらいに、テーブルの上に本を広げたりノーパソでいろいろ打ち込んだりしているのも多い。

「で」

いつもここではアイスミルクを飲む敬介がオーダーした後に言った。喫茶店でただの冷たい牛乳を飲むのが僕にはよくわからないけど、何でもここの牛乳がめっちゃ美味しいらしい。一度飲んだことがあるけれど、その辺で売ってる牛乳との違いがまったくわからなかった。

「春香さんの結婚相手ってのは？」

どうしてそんなに知りたいのか。

「細井真平《ほそいしんぺい》さん。年は三十一歳」

「春香さんとは五歳違いか」

「うん」

「何やってる人なんだ。仕事は」

花嫁の父かお前は。

「パン屋さん」

「パン屋さん？　ほう」

何が、ほう、だ。

「正確にはパン屋さんの家に生まれた長男。で、本人は家業のパン屋をやってるんじゃなくて、イラストレーターやら装幀《そうてい》をやってる人」

「そうてい？」

「本のデザイナー」

「あぁ、そっちか。随分《ずいぶん》シャレた職業の人だな」

井東秋郎　〈新婦の弟〉　二十一歳　私立大学三年生

まぁそういう見方もあるだろうけど。

「パン屋さんの息子と結婚ってのは、じゃああれだ。春香さん、美味しいパン屋さんを探しているときにそこで出会ったとかっていうパターン？」

「その通り」

よく知ってるね姉さんのことを。

「やっぱりお前、姉さんのことが大好きだったんじゃないのか？」

「違うって。ほら、子供の頃にさ、近くにいるきれいなお姉さんのことを好きになるじゃん男の子って。そういうんだよ」

その気持ちはわかるけれど。

「姉さんをきれいというのは語弊《ごへい》があるだろう」

「それは、お前が弟だからだよ。春香さんは充分にきれいな女性だぞ？　そりゃあアイドル並みにカワイイとは口が裂けても言えんけど」

「言ったらなめとんのかって怒られるぞ」

「少なくともドラマのヒロインの同級生役で出る脇役の女優さんぐらいにはきれいだぞ」

微妙だな褒《ほ》め方。

でも、まぁそれならわかる。少なくとも姉さんは、顔形は整っているとは思う。整っていることと美人であることは決してイコールにはならないけど。

「どこのパン屋さんなんだ」

「荻窪《おぎくぼ》だってさ。行ったことはないからそれ以上は知らない」

「会ってるんだろ？　その真平さん」

「もちろん」

二回、顔を合わせた。

「ちゃんと結婚させてくださいって挨拶《あいさつ》に家に来たからね。それから会食っていうか、結納《ゆいのう》みたいなものなのかな。そこでも会った」

両家が集まって、ホテルで食事をした。

「向こうは三人兄妹《きょうだい》でさ。妹が二人いた」

「どうなんだ？　真平さんは」

「何か、変な感じだったよ」

「変な感じ？」

「いや、いい人みたいだし、見た目もそこそこいい感じ」

変な感じっていうのは、初めて会ったときに感じた、まったく個人的な自分の感情だ。

あの姉さんを好きになって結婚しようと決めた人を、つまり、姉を女として見た人と生まれて初めて会ったからそんなふうに感じたんだ。

「弟としては、その辺の感覚がまったくわからないっていうかな」

「そんなもんかもな。俺も兄貴しかいないからわからんけど」

姉さんも、やっぱり女なのかって。そういうふうに感じるのは、なんか変な感じだったんだ。

「あれだな。結婚させてください、って挨拶はやっぱりするものなんだなー」

「するものなんだね」

自分にもそういうときが来るのかどうかさっぱりわからないけど。

たぶんだけど、あのときのあの空間の雰囲気って、滅多に味わえないものなんじゃないか。

一生に一度とか二度とか。

☆

井東秋郎 〈新婦の弟〉 二十一歳 私立大学三年生

「連れてくるから、会ってください」

姉さんが晩ご飯の最中に何故《なぜ》か背筋を伸ばしてそう言ったときに、父さん母さんもばあちゃんもそして僕も同時に言った。

「誰を」

「彼です」

彼、って言ったのが単に男という意味じゃなくて、付き合って結婚しようと思っている男性だって気づくのに、三秒か五秒ぐらい掛かってしまった。

誰も予想っていうか、思ってもいなかった。

まさか姉さんが、結婚したいっていう男性を連れてくるなんて。そもそも付き合っている人がいることさえ、僕は知らなかったしもちろん父さんも母さんもばあちゃんも。

ドラマや映画や小説では母親ぐらいはそういうことを察するらしいけれど、母さんもまったく知らなかったらしい。どこかでよく見かける台詞《せりふ》の「恋人とか付き合ってる人はいないの？」っていうのも食卓で話題に上ることはなかった。

うちはたぶんかなり会話をする家族だ。

僕も姉さんも大学に進学したけれど、どっちも都内で、三鷹《みたか》市にある家から通うのに支障はほとんどなかった。ちょっと通学に時間は掛かるけれど、まぁ許容範囲内。

家は全然裕福ではない。貧乏じゃあないけれども、食品会社の製造部門の管理職である父さんの給料はたぶんごく普通だ。若い頃、洋裁の専門学校を卒業したっていう母さんは、その技術を生かして服の仕立て直しなんかをアルバイト的にやっている。家でできるからパートに出るよりは楽でいいって。ばあちゃんは母さんの方のばあちゃんで、父さんの方のじいちゃんばあちゃん、そして母さんの方のじいちゃんたちがばたばたばたたって数年間で亡くなってしまって、六年ぐらい前からうちに一緒に住んでいる。

一人暮らしをしてみたい、とは思ったけれど、国立に受かった姉さんはともかく僕は国立を落ちてしまって私立に行くことになって、これ以上親に負担はかけられないからずっと家から通っている。もちろん、バイトもけっこうやっている。それなりに稼《かせ》いでいるからたまに家にお金を入れるぐらいに。

姉さんからも、一人暮らししたいなんて言葉を聞いたことはなかった。

姉さんは講義をサボったりすることもなくきっちり通って、夜遊びなんてこともほとんどしなかった。たまに友達とカラオケに行ったり休みのときに旅行とかしていたけれど、それ以外は毎日家に帰ってきて晩ご飯を一緒に食べていたんだ。

父さんはそんなに喋《しゃべ》らないけれど、母さんも姉さんもばあちゃんもわりとお喋りだし、僕もそれなりに話好きだ。きっと母方の家系がお喋りなんだろうね。

だから、よくご飯を食べながら話していた。

テレビのニュースを見ながらあーだこーだと。今日あったこととか、気になったこととか、あれこれいろいろ。誰かと付き合ったなんていうのは、言わなくても隠しても、そういう会話の端々《はしばし》に出てくるものだと思う。実際僕も高校の頃のカノジョのことをうっかり口走ってしまったことがある。

でも、姉さんにそんなのはまったくなかったんだ。

大学を順調に卒業して信用金庫に就職して働き出しても、姉さんは毎朝出勤して定時に上がってほぼまっすぐ帰ってきて家でご飯を食べる。

食べることは大好きで、特にパンが大好きだった。家でパンを焼きたくてホームベーカリーを買ったりもしていた。

会社の昼休みや、帰り道や休日にはネットで探したり人に聞いたりしていた美味しいパン屋さんを巡っていろいろ買い込んできた。それが唯一の趣味って言えばそうだったのかもしれない。

お陰《かげ》で、ここ何年かの我が家のおやつや夜食や休日の食事はほとんどパンだった。

そして、日曜日の我が家にやってきたのは、パン屋さんの息子だったんだ。

連れてきて、居間のソファに並んで座った姉さんは、今まで見たこともないぐらい、緊張していた。どうして実の親の前でそんなに緊張できるのかってぐらいに、ガチガチだった。

どんなときもハートが強くて笑顔のあの姉さんの頰《ほ》っぺたが、粘土細工《ねんどざいく》かってぐらいに固まっていた。

父です、母です、弟ですって紹介しているときにもその声が一オクターブは高くなっていた。ばあちゃんは、昔からの親友が入院してしまって、そのお見舞いに静岡に出かけていた。友人と連れ立って行くから予定をずらせなかったんだ。

「細井真平です」

名前の通りに、細い男の人だった。僕も割と痩《や》せている方だけど、同じぐらい細かった。全然パン屋さんのイメージじゃないって思ってしまった。

井東秋郎　〈新婦の弟〉　二十一歳　私立大学三年生

「パン屋の息子ですが、僕自身はパンは焼いていません。店は父がやっています」

小さい頃から絵が得意で、美大を出てフリーのイラストレーターをやっていて、その繋がりで本の装幀もやっているって。

そういう職業の人に僕は初めて会って、けっこう興味津々《しんしん》になっていた。そんな人が義兄になるのかって。

「お店のね、デザインとかは全部真平さんがやっているの」

姉さんはいつもより早口で言って、いつも使っているｉＰａｄを出してテーブルの上に置いた。ディスプレイにはパン屋さんの写真がたくさんあった。

「へぇ」

おシャレなパン屋さんだった。そんなに大きくはないみたいだけど、いい雰囲気。雰囲気がいいパン屋さんはそれだけで美味しそうに感じるよね。

「他にもね、これが真平さんの描いた絵。本の装幀にも使われているし、この辺は真平さんがデザインした本」

けっこうたくさん並んでいたし、僕でも知ってる小説家の本のカバーも真平さんの絵で、これはちょっとびっくりした。

「売れっ子ですね」

思わず言ったら、真平さんは苦笑いした。

「そういうものではないですよ。でも、僕の同い年のサラリーマンと同じぐらいには収入はあります」

ありますって、っていうのは僕にじゃなくて、父さんと母さんに向かって言った。フリーランスっていう立場だけど食うには困らないってことだろうね。そもそもパン屋さんの実家に住んでいるそうだから、家にも食べ物にも困らないいんじゃないかなって思ってしまった。

「じゃあ、将来的に真平さんがお店を継ぐわけではないの？」

微笑《ほほえ》みながら母さんが訊いたら、真平さんは頷《うなず》いた。

「実は、うちは再婚です」

真平さんのお母さんは真平さんがまだ小さい頃に病気で死んでしまったって。それからしばらくしてお父さんは再婚して、女の子が二人生まれた。

「僕の妹たちです。上の真由《まゆ》は二十一歳で、調理専門学校を出てから、もう一人前のパン職人として店で働いています。下の真奈《まな》はまだ高校生ですけど、学校から帰ってきたらレジをやっています。真奈はまだわかりませんが、真由はもうパンを焼くのを全部任せていますので、実質跡継ぎですね。僕は、自分の得意分野で裏方として店を支えられればと」

「あら、そうなのね」

母さんは、ずっと嬉《うれ》しそうだった。

真平さん、母さんの好きそうなタイプだよなって考えていた。母さんが好きな俳優さんは大体真平さんみたいな細身で細顔で、薄い雰囲気の人だ。

（あ、そうか）

母娘《おやこ》だから好きになるタイプも似てくるのかって。そういや父さんもそしてじいちゃんも、決して俳優みたいないい男じゃないけど、薄い雰囲気だ。

父さんは、最初に挨拶をしてからはほとんど何も言わなかった。軽く笑《え》みを浮かべて、ずっと母さんや姉さんや真平さんが話をするのを頷きながら聞いていたんだ。

「井東《いとう》さん」

真平さんが、背筋を伸ばして父さんの顔を見た。それで、姉さんも母さんも唇《くちびる》を引き締めて背筋を伸ばした。父さんは、ただ小さく頷いただけだった。

「春香さんと、結婚させていただきたく、今日はお許しをいただきにあがりました。どうぞ、お願いいたします」

二人で、揃《そろ》って頭を下げた。

こんなふうに思いっていうのが伝わるんだなって、少し驚くというか、感心してしまった。アルバイトや大学で、真剣に話をする人を眼にしたことはあるけれど、そういう言葉だけじゃ表現できない強い思い。そういうものを人は人に伝えられるものなんだって。そしてそれが愛情っていうものなのかなって。

父さんは、ただ頷いて、微笑んだ。

母さんが、お父さんって小さく呼びかけた。

父さんがまた頷いて、言った。

「春香を、どうぞよろしくお願いします」

そう言って頭を下げた。母さんも下げたから、つい僕も下げてしまった。

☆

「それだけ？」

「それだけとは」

「お父さん、反対とかしなかったのか」

「するもしないもないってさ」

大人の二人が、そう決めたことなんだからって。

「じゃあ、あれか。春香さんパン大好きなんだから、結婚したら信用金庫辞めて店を手伝いたいとか」

「そのつもりはある、って言ってたよ」

パン屋さんをやっている家にお嫁に行くんだから、すぐにじゃなくても将来的には何らかの形で手伝いたいとは思っているけれどって。

井東秋郎　〈新婦の弟〉　二十一歳　私立大学三年生

「そっかー」

そっかー、って敬介は二回繰り返した。そしてアイスミルクをストローで飲み干して、どうしてだか、満足そうな表情を浮かべた。

「結婚か」

「うん」

「幸せになってほしいなー」

まぁそうだけど、お前やっぱり姉さんのこと好きっていうか、マジで憧《あこが》れていたんじゃないのか。

「春香さんはもちろんまだ家にいるんだろ?」

「いるけど、もう荷物は何にもないよ。明日結婚式終わったら、そのまま帰るのは向こうの家」

「え、同居?　向こうの家族と」

「部屋はあるんだってさ」

何でも親戚同士で二軒くっつけて建てた家がパン屋さんになっていて、部屋がたくさん余ってるって。

「そうかぁ、春香さん、パン屋さんで暮らすのかぁ」

「だね」

「じゃあ、今夜は文字通り、結婚前夜か。家族全員で過ごす最後の夜か」

まぁ、そうだな。

だからどうだってこともないだろうけど。


敬介に言われてしまったので少し意識したけど、やっぱりどうってこともなかった。大学から戻ったら、母さんとばあちゃんは普通に晩ご飯の支度《したく》をしていたし、そこに姉さんもいた。晩ご飯も普通だった。いつものカレーだ。普通に売ってるルーで作るチキンのカレー。あとポテトサラダを作っていた。好きだからいいけど。

父さんが会社から帰ってきて、皆でご飯を食べて。

敬介が驚いていた話をしたら、姉さんはそうかやっぱりあいつは私が好きだったのかって嬉しそうに笑って、確かに友達に姉が結婚するって話は積極的にはしないわよねぇ、って言った。

普通に話していた。

母さんもばあちゃんも、そして父さんも。まぁ父さんはいつもそんなに話はしないけど。ここ何日かだって、姉さんがもうすぐいなくなるって話は何度もしていたし、空《あ》いた部屋は僕が好きに使えるとかいやすぐに戻ってきたら困るからそのままなんて、冗談交《ま》じりに話していたし。

普通だった。

だって、遠い外国に行くわけでもないんだ。電車に乗ったら十分で行ける距離。パン屋さんで売れ残ったパンを毎日家に届けることだってできる、なんて言ってた。

だから、家族で過ごす夜がこれが最後なんて思えなかったし、そもそも最後でもない。いつでも帰ってきて家族で過ごすことはできるんだから。


午前一時。

台所に入ったら、テーブルに父さんが一人でいた。パジャマ姿のまま。いつもならもうとっくに寝入ってる時間だし、そもそも明日は結婚式なのに。

何かを飲んでいる。

「コーヒー？」

香りがしたから訊いたら、頷いて少し笑った。父さんがコーヒーを飲んでいるなんて珍しかった。いつも家ではお茶なのに。

冷蔵庫からペットボトルの紅茶を出した。部屋に持っていこうと思っていたんだけど、コップを取ってから椅子を引いて向かいに座って注《そそ》いで一口飲んだ。

何となく、話したがっている雰囲気が背中からしたから。

姉さんは、もう寝ている。

「ひょっとして、父さんあれ？」

「あれ、とは何だ」

「ドラマとかにある、娘と過ごす最後の夜の父親っていうシーンなのかなって」

笑った。

「そうかもしれんな」

そうなんだ。父親じゃないからまったくわからないけど。

「珍しいね。夜中にコーヒーなんて」

言ったら、そうだな、って頷いて、マグカップを見つめた。

「さっきトイレに起きてな」

「うん」

それはわかってた。夜中は音が響くから、トイレに誰かが行くと二階でもドアの開け閉めの音は少し聞こえる。大体父さんはいつもこれぐらいの時間にトイレに起きる。びっくりするぐらい規則正しくトイレに行くんだ。

「喉が渇《かわ》いていたから水を一口飲もうと思って台所に来たら、何か急にコーヒーを飲みたくなってな。豆もあったし」

それでコーヒーを淹《い》れたのか。

「何で飲みたくなったの」

「若い頃は、いつも家でもコーヒーだったんだぞ」

「そうなの？」

「春香が生まれる頃までは、よく飲んでいた。朝も夜も」

それは知らなかった。

「どうして飲まなくなったの」

ちょっと首を捻《ひね》って、微笑んだ。

「大した理由じゃない。春香がまだ一歳にもならない頃かな。眼を離した隙《すき》に、父さんの飲んでいたマグカップの取っ手を引っ張ってな」

「コーヒーの？」

「そう。こぼしてしまって、しかも淹れ立てで熱くてな。泣いて大騒ぎになった。手や身体にもかかってな」

慌《あわ》てて水で冷やしたり、本当に大騒ぎだったたって。

「幸い、たいした火傷《やけど》もしなかったけどな」

「それで、コーヒーを飲まなくなったの？」

「きっと結構ショックだったんだろうな春香も。それからしばらくはコーヒーの匂《にお》いがしたら嫌がったりしたから、何となく春香が起きている間は飲まなくなってな。そのうちにほとんど飲まなくなった」

「へー、そんなことが」

そういえば、姉さんもコーヒーを飲まない。我が家でコーヒーメーカーを使うのは、お客さんが来たときとか、ケーキを買ってきてコーヒーが合うわねなんて母さんが言ったときぐらい。そのときも姉さんはティーバッグで紅茶を飲んでいた。

「今でも、家でコーヒーの香りがするとそのときのことを思い出しているよ」

このテーブルでそんなことがあったんだ。

姉さんがこの家で過ごしたのは、二十六年間。

二十六年間一緒に過ごした日々が今日で、正確には昨日だろうけど終わったんだ。父さんにしてみれば。

「あれはしたの？　姉さん」

「あれ？」

「正座して、お父さんお母さんお世話になりました、って」

笑った。

「してないよ。古いこと知ってるなお前。そりゃ父さんたちの世代から見ても一昔ぐらい前のものだろう」

「今はしないか」

井東秋郎　〈新婦の弟〉　二十一歳　私立大学三年生

「しないだろう」

しないか。でも、案外姉さんなら明日の朝、式場行く前にやるかもよ。古い映画けっこう好きで観てるからね。

さっきだけど、寝る前に、僕の部屋にも来たし。

いろいろ話をしに来た。

何だか、幸せそうな、嬉しそうな、よくわからなかったけど、そんな顔をしながら。

細井真奈《ほそいまな》

〈新郎の妹〉　十七歳　高校二年生

お弁当は、いつもサンドイッチ。

そして、晴れた日は日菜子《ひなこ》と二人で屋上へ出る扉の前の踊り場へ。

誰も来なくて、お日様の光が窓からさんさんと降り注いですっごく気持ち良いから。

屋上に出るのは禁止で窓にも鍵付きの補助ロックってものを取り付けているのに、肝心の鍵がいつも掛かっていないっていう学校運営ヌケっぷりで、開けると風も通り抜けるから気持ち良さマシマシ。

そこで窓から屋上に出ちゃったりしないのは、わたしたちが中途半端に良い子だからだよね。まぁでも出たら風が強過ぎることもあるんだけど。結局出たことあるんかい！　って話。

それにしてもここの窓の鍵はいったいいつから開いているのか。どうして先生方は誰も気づかないのか。卒業するときに七不思議のひとつにしてやろうか。

サンドイッチに挟《はさ》む具は毎日違うものにしてるんだよ。

今日はチキンの香草焼《こうそうや》きにさらに粒《つぶ》マスタードとマヨネーズを塗《ぬ》って炙《あぶ》ったものと、タマゴとポテトとマカロニのグラタンにレタスとキュウリを挟んだものに、デザートには焼きリンゴとバナナをたっぷりのクリームで挟んだもの。

いくらパン屋さんの娘だからって毎日パンで飽きないか、って言われるけど全然飽きないし。それに日菜子とお弁当交換しながら食べてるから平気。日菜子のお母さんが作るお弁当もなかなか美味しいんだよ。純和風のものが特に。

わたしのサンドイッチは実はほとんど自分で作ってるんだけどね。

「美味しい」

「でしょ？」

日菜子が眼を丸くしたままモグモグして。

「このチキンの大きいのをもっと食べたい。白いご飯と一緒に。ねぇ真奈」

「うん？」

「本当に卒業したら一緒に暮らそ？　私と結婚しよ？　真奈の作る美味しいご飯をずっと食べていたい」

うん！

「でもわたしは家でパン屋さんをやるから、卒業してもそのままずっと実家暮らしになるし」

「じゃあ、私が〈ベーカリー　HOSSO《ホッソ》〉に就職する。卒業したら住み込みで雇って」

それもいいか。

「部屋は真奈と一緒でいいから」

「わたしの部屋だと隣りはお姉ちゃんだから、せっかく一緒に住んでも何にもできないよ？　いろいろ全部聞こえちゃうよ？」

「それは、困るか」

困るでしょ？

「そもそも就職の前に、日菜子と結婚することがムズカシイでしょ。未成年のうちから」

「だよねぇ」

日菜子が自分のお弁当のご飯を一口食べてから頷いた。

うちのお父さんもお母さんもけっこう理解はある方だと思うんだ。そもそも二人がすごい年の差結婚だし。レンアイってものに関してはいろいろフリーな感じからするってなんとなく思ってるけど、娘が女の子と結婚するって言ったら、どうかな。わかんないけど。

お姉ちゃんは、すっごくすっごくマジメな人だからちょっと驚いたりキョドったりするかもしれないけど、納得はしてくれるはず。

お兄ちゃんは、たぶん大丈夫だ。

きっとゼッタイ祝福してくれると思う。

「問題は日菜子のお母さんだね」

「だね。パン屋の店員という安易な道じゃなくて、私は私の道を行ってお互いに大人になるのを待たねばならぬか」

「そうだね」

わたしはパン屋の娘として家業を継ぐ。

お姉ちゃんと一緒に美人姉妹の看板娘としてパン屋王になる！

「そういえば、結婚って、お兄さん明日結婚式なんだよね？　真奈も出るから学校休むんでしよ？」

「休む、っていうか早退。一時間目だけは出る」

めんどくさいけど、学生だからね。しょうがないね。

じゃあ何で式を日曜日にしなかったんだって話なんだけど、実はうちは、〈ベーカリー　HOSSO〉はどうしてなのか、いや、あたりまえっちゃあたりまえなのかもだけど、週末の土日がいちばん混むんだ。

「平日の五倍ぐらい売り上げがあるんだよ」

「それは、休めないね」

でしょ。

なので、いくら長男の結婚式っていっても土日にするわけにはいかなくて、金曜日になってしまった。

「お嫁さんも仕事は休んで良かったの？」

「大丈夫だから明日なんだよ」

銀行とかにお勤めだから有休とかきっとあるんだろうし。晴れの門出の日なのに休めないようなブラックなところだったら辞めちまえって話だよね。

「そういえば何にも訊いてなかったけど、どうなの。お兄さんのお嫁さん」

「どうなの、とは」

細井真奈　〈新郎の妹〉　十七歳　高校二年生

「一緒に暮らすんでしょ？　真奈は小姑《こじゅうと》になるんでしょ？」

そう。新郎の妹だから、そういうのは小姑って言うんだって。お母さんから聞いた。お母さんはお姑《しゅうとめ》さんね。

「そういうの、大変だって言うし」

「や、大変かどうかはわからないけど」

結婚していきなり旦那の家族全員、祖父と父と母と妹二人という赤の他人が三世代ずらりと揃った家で一緒に暮らしちゃうんだから、そりゃあいろいろお互いに考えていると思うけど。

わたしに限って言えば、全然大丈夫。

春香さん大好き。

「実はね日菜子」

「うん」

「今まで話したことなかったんだけどね、わたしには超能力があるんじゃないかと」

そう思ってる。

「あぁ？」

「いやマジメな話よ」

「スプーン曲げるとか？」

「昭和か！」

細井真奈　〈新郎の妹〉　十七歳　高校二年生

そんなんじゃなくて。

「超能力じゃなかったら、神様との会話かな?」

「巫女《みこ》なのか!」

「ホントにマジなの!　ピピッと来るの。あるときに」

「どんなとき」

「その人が、いい人できっと仲良くなるんだなってわかるとき。あのね、お嫁さん、井東春香さんって言うんだけどね」

　春の香りと書いて春香。

「いい名前」

「よねー。春香さんね、きちんと顔合わせしたのは、結納っていうかそれぞれの家族全員で集まって食事したときの一回しかないんだけど」

　あのときは何だか皆が緊張していて、せっかくの美味しい料理だったのにあんまり味を感じなかったけど。

「でも春香さんはね、パンが大好きで休みの日なんかにはパン屋さん巡りをして、美味しいパンの店を探すのが趣味だったっていう人。それで、うちに来たことは何度もあるんだ」

「へー」

「初めて春香さんがうちにパンを買いに来たときにね。それはもちろん偶然で、わたしが店にいたんだけど、そのときに感じたんだよね」

「ピピッと?」

「そう、ピピッと」

あ、この人とはきっと仲良くなれる。間違いなく普通の、ただのお客さんにはならないって思った。

それから何回も続けてうちにパンを買いに来てくれた。

「じゃあ常連さんだったんだ」

「家が近いわけじゃないから、常連ってほど毎日のように買いには来なかったけどね」

一週間に一回は仕事帰りに寄って買ってくれて、たぶん、十回目ぐらい。そのときは確か日曜日で春香さんはお休みの日で、午前中に買いに来てくれた。

もう『いらっしゃいませ!』じゃなくて『こんにちは!』ぐらいの勢いで挨拶してもいいぐらいになった頃。

「そのときもたまたまなんだけど、お兄ちゃんが店に出ていたんだ。パンを入れておく籠《かご》を新しくしたので、その様子を見ていたの」

「様子?」

「パンを入れたけれど、お客さんがトングで取るときに邪魔にならないか、動かないか、たくさんお客さんが入っているときにぶつかっても大丈夫か、色合いは本当に店に合っているか、とかとか」

「お兄さん、そういうこともするんだ」

「パンを作る以外のことは全部考えてるよ。厨房《ちゅうぼう》でどんなタオルを使うかまで決めてる。お店のトータルコーディネートだね」

「スゴイねお兄さん」

うん、実はわたしもけっこうスゴイって思ってる。

「で、そのときも感じたんだよ。ピピッて」

「お兄さんと春香さんの二人を見て？」

「そう。あ、この二人結婚するな、って」

「ウソはダメ」

「ウソじゃなくて、本気でマジでそう思ったの。結婚するなって」

わたしのそのピピッ、はゼッタイに外れない。ただし、仲良くなれる人限定の超能力だけどね。

お兄ちゃんと春香さんはそのとき店で初めて出会ってから一年ぐらいで、本当に結婚することになったんだから。マジで自分にはそういうのを感じる超能力があるって思ってる。

「え、それはさ、どうやって仲良くなったの？　どっちかの一目惚《ひとめぼ》れとかそういうの？」

「その辺は聞いてないけど、紹介したのは間違いなくわたし」

「どうやって」

「ピピッと来たから言ったんだよ。春香さんがレジに来たときに『いつもありがとうございます』って。そして、たまたまわたしの隣りに来ていたお兄ちゃんを『兄なんです』って紹介したの」

春香さん、ちょっと驚いていた。そしてちょうど他のお客さんもそんなにいなかったので、春香さんは『ご兄妹でお店をなさってるんですか？』って訊いてきて。

「で、いろいろ話したの。家族でやってる店なんですよーって。それから」

お兄ちゃんはなんか打ち合わせかなんかで外出するところだった。春香さんはパンを買って家に帰るところだった。

二人でそのまま店を出ていったんだよね。あのとき、きっと駅まで歩きながら連絡先とか交換したんだと思う。

「まさしく恋のキューピッドじゃない」

「いや、わたしはきっかけを作っただけ」

お兄ちゃんと春香さん。

ゼッタイに、間違いなく、いい夫婦になる。幸せな結婚生活を送る。わたしが保証する。

「そっか」

「そうなんだよ」

細井真奈　〈新郎の妹〉　十七歳　高校二年生

うんうん、って日菜子が頷く。

「私のときも？」

「もちろん」

高校に入って、一年生から同じクラスになって、初めて会ったときからピピッと来てた。日菜子とは仲良くなれるって。

ものすごくものすごく。

「じゃあ、今夜は結婚前夜だね。細井家は」

「結婚前夜？」

「結婚式の前の日の夜。真奈の家は新郎側でお嫁さんが来る方だから、あれだけど、えーと新婦の春香さんは何家だったっけ？」

「井東家。井戸の井に東」

「井東家は、娘がいなくなってしまう前の夜になるわけじゃない。昔の映画とかドラマじゃいろいろあるよ。そういうシーン」

日菜子好きだもんね。映画マニアだもんね。

「井東家は、そっか。そうだね」

弟がいたよね春香さんには。確か大学生の。

優しそうなお父さんと明るそうなお母さんと、会ってないけどお母さんの方のおばあさん。

春香さんはずっと実家で暮らしていたって話だったから、そこからいなくなっちゃうんだもんね。

「向こうはしんみりするかもしれないけど、うちはバタバタだったよ。もう何日も前から引っ越しみたいな騒ぎになってたから」

「二人の部屋の準備ね」

そう。二人は十畳間と四畳半の続き部屋を使う。昔はおじいちゃんとおばあちゃんが使っていたところ。

もう落ち着いたけどね。春香さんの荷物もほとんど全部来て部屋に置いてあるから、後は春香さんが来るだけ。

「どんな気持ちなんだろう」

「何が？」

日菜子が、ほんの少し言い難《にく》そうな感じで唇をふにゃふにゃさせた。

「お兄さんとは、お母さんが違うよね」

あぁ、それか。

「うん」

「そういうお兄さんとずっと一緒に暮らしてきて、そしてそのお兄さんが結婚するっていうのは。新しい家族を作るっていうのは」

そっか。日菜子んちは、離婚しっ放しだもんね。ずっとお母さんと二人で暮らしてきたんだもんね。

「そうだなー」

ちょっと考えて、頭を反《そ》らして、窓から空を見上げてしまった。

わたしが生まれたときには、もう家にはお兄ちゃんとお姉ちゃんがいた。

お兄ちゃんとわたしは十四歳違う。お姉ちゃんとも十歳違う。

だから、お姉ちゃんもわたしも、気がついたらもうお兄ちゃんはすっごく大きいお兄ちゃんだった。

わたしが五歳の幼稚園のときにはもうお兄ちゃんは大学生。園児と大学生なんて、もうとんでもなく子供と大人だ。小さい頃の記憶では、お兄ちゃんはひたすら優しいお兄ちゃんだった。何でも言うことを聞いてくれた。家にいないことも多かったけど、いるときにはいつもちゃんと遊んでくれた。

それはきっとお姉ちゃんとも同じだったはず。

わたしとお姉ちゃんはホントにもう同じ血の流れる姉妹とは思えないぐらい性格が違って、びっくりするぐらい。

お姉ちゃんは、マジメ。クソがつくぐらいマジメ。

朝起きたらもう服をビシッと着て朝ご飯を食べる。学校にはゼッタイに遅刻しないし、約束したらその時間の十分前には必ず来てる。授業中の背筋の伸び具合なんか、椅子の上に厚さ十五センチのクッション敷いているんじゃないかってぐらいに伸びていて、授業をする先生が逆にやりにくいぐらいに真剣に聞いているって話で、担任の先生がもう少し肩の力を抜いてもいいと思いますって心配するぐらい。

そのお姉ちゃんも、お兄ちゃんの前ではゴロゴロ甘えまくるぐらいに、お兄ちゃんは優しかった。

今でも、もちろん優しい。

お母さんが違う、ってことを教えてもらったのはわたしが中学校に入る前。

実はお姉ちゃんが教えてもらったのも中学校に入る前だったって後から知った。けっこう悩んだんだってお父さんもお母さんも、そしてお兄ちゃんも。どうやって伝えたらいいかって。

別に、複雑な事情じゃないんだよね。

単純にお父さんは前の奥さんと死別してしまって、それからお兄ちゃんと二人で生きてきて、そしてうちのお母さんと再婚したっていう話なんだけど。

それでも年頃の女の子にどうやって話せばいいものかって。そしてわたしとお姉ちゃんは四歳離れているから、お姉ちゃんが中学生になるときわたしはまだ小学校二年生だから、いっぺんに二人に話してもわたしが理解できないんじゃないかって。

それで、別々に、それぞれが中学生になるときに話した。

お姉ちゃんもちょっと悩んだっていうか、考えたらしいよ。わたしも後から教えられること になっていたんだけど、それまで自分だけが知ってるのもどうかなぁ、って。でも確かに小さい頃に教えられてもわからないで困るかなぁ、って。

で、中学校に入る前の春休みに教えてもらったけど、そうだったのか、って思ったぐらいだったかな。

きっとね、まだよくわかっていない。

わかっていないっていうか、お兄ちゃんはわたしが生まれたときからずっと一緒にいるお兄ちゃんだから、そのお兄ちゃんを産んだのは実はお父さんの前の奥さんだったって知らされても何にも変わらないから。

お兄ちゃんの本当のお母さんのことはね、ほとんどまったく知らない。名前ぐらいかな。どんな人だったかなんてのは知ってもいいって思ってはいるんだけど、聞いたからってどうだってこともないしね。

でも、お墓参りには行ってるよ。細井家のお墓にはおばあちゃんも、そしてお兄ちゃんのお母さんも眠ってる。おじいちゃんは八十歳になったけど、まだ全然元気。印刷会社で働いていたけど、定年になってからお父さんのパン屋を手伝うようになった。ちゃんとパンも焼いているんだよ。無理はさせないけどね。でも、働いていた方がいいって。足腰も弱んないし楽しいって。

お姉ちゃんとも話したけど、そうだったのか、ってだけだよねって。

これで、実は血も繋がっていない赤の他人だよ、なんて言われたらそりゃあちょっと意識しちゃったりなんかしたのかもしれないけど、お父さんで繋がっていてわたしたち兄妹には同じ血が流れているんだから。

お兄ちゃんは、優しい大好きなお兄ちゃん。それは何にも変わらない。

そのお兄ちゃんが結婚して新しい家族を作るっていうのは、わたしにも家族が増えるっていうのは、とってもとっても嬉しいこと。心の底から良かったって思ってる。

だって、お兄ちゃんはお母さんを亡くしているんだよ。まだすっごく小さい頃に、家族を失っているんだよね。

その後にわたしたちっていう新しい家族ができたけれど、きっと新しいお母さんにも、そしてわたしとお姉ちゃんっていう妹にも、そんなことは全然まったく言ってないし思ってもいないかもしれないけど、自分だけが違うっていう思いみたいなのはあったと思うんだ。

でも、お兄ちゃんはわたしたちにとことん優しいお兄ちゃんで。

だから、お兄ちゃんが新しい家族を作るのは、本当に嬉しいって思った。良かったって。

もしも将来、わたしに甥《おい》っ子か姪《めい》っ子ができたらもう溺愛する。叔母《おば》の愛を炸裂《さくれつ》させる。一生愛しちゃう。

「そっか」

日菜子が、微笑んで頷いた。

「そうだよね。優しい本当のお兄ちゃんなんだもんね」

「そうだよ」

☆

細井真奈〈新郎の妹〉十七歳　高校二年生

やっぱり、少し慌ただしかったけど、普通の日の夜だった。結婚前夜。日菜子に言われてちょっと意識しちゃったけど、全然普通。

だってお店があるもんね。

いつも通りにわたしは学校からまっすぐ帰って、すぐに着替えてお店のレジに入って。明日の準備は、着ていく服とかそういうのはもうちゃんと準備してあるし、わたしたち新郎側の家族はただ時間通りに式場に行けばいいだけ。

店の後片づけをして、晩ご飯はお母さんとわたしで作って。

外出していたお父さんとお兄ちゃんも帰ってきて、普通に家族揃って晩ご飯を食べて、テレビを観たり、明日の出発の確認をしたり、明後日《あさって》からのことも皆で話をしたり。お父さんとお兄ちゃんとお姉ちゃんはそんなに喋らないけど、おじいちゃんとお母さんとわたしはけっこうお喋りだ。

皆でわいわい言いながら過ごす。

この中に、明日から、春香さんが入る。六人暮らしから、七人暮らしになる。


順番にお風呂に入って、自分の部屋に戻って、考えたら何だかすっごく楽しみになってるのがわかった。

明日、春香さんがうちに来る。

お兄ちゃんと夫婦になって一緒に暮らす。新婚旅行はちょっと先。お兄ちゃんは今仕事がけっこう重なっていて、一ヶ月ぐらいは動けないからって。春香さんもちょうど忙しい時期なので、落ち着いたときを見計《みはか》らって二人で国内旅行にでも行ってくるって言ってた。

だから、明日の結婚式が終わったらもう春香さんはそのままうちに来て、明後日からうちから仕事に行く。ひょっとしたら、春香さんと二人で行ってきまーす！　って皆に言って朝出かけられるんだ。あ、でも明後日は土曜だからお休みか。じゃあそのままお店を手伝わせてください！　とか言い出すかもしれない。

なんかもう、楽しみ。

嬉しい。

「そうだ」

お兄ちゃんはもう春香さんとの二人の部屋にいるから、今夜のうちにあれを持っていってあげよう。

「お兄ちゃん。いい？」

部屋の奥から声がした。

「入るね」

iMacの前でお兄ちゃんが作業している。装幀デザイナーでもあり、イラストレーターでもあるお兄ちゃん。イラストは手でも描くけど、Macでも描けるんだって。

「どうした」

「これ、こっちに置いておこうと思って持ってきた」

お兄ちゃんのものだったんだけど、カッコいいから貰《もら》った本の形をしたライト。お兄ちゃんが、ちょっと首を傾《かし》げた。

「え、どうして？」

「春香さん、読書大好きだって言ってたから。これベッドの中で本を読むのにちょうどいいでしょ」

お兄ちゃんは部屋の灯《あかり》を暗くして仕事する人で、結婚してもその習慣は抜けないかもだか

細井真奈〈新郎の妹〉 十七歳 高校二年生

ら。

「あった方がいいでしょ」

「そっか」

お兄ちゃんが微笑んだ。

「ありがとな」

おじいちゃんとおばあちゃんの部屋だった面影《おもかげ》はまったくなくて、もうすっかり見慣れない部屋になっちゃった。

ここが二人の、新婚の部屋になる。

「何、ニヤニヤしてるんだ」

「や、ここが新婚さんの部屋かーって思って」

笑った。

「ずっといるんでしょ？　子供ができても、ここに」

どうかな、って苦笑いした。

「ずっとはいないかもしれないな」

「そうなの？」

「本当はね」

「うん」

「最初から新居をどこかに借りて暮らそうと思っていたんだけど、春香が、一緒の方がいいんじゃないかって言ってね」

「春香さんが?」

「家族になる皆と一緒に仲良く過ごしたいって。それに、将来二人で住むとしてもまずはお金を貯めた方がいいってね。ほら、兄ちゃんは今はそこそこ食っていけてるとしても、なんだかんだ言ってもフリーの身の上だからさ。収入がいつどうなるかわからないんだし」

あー、なるほど。そうだよね。

「むしろ春香さんの方が収入が安定しているんだもんね」

「その通り」

「子供ができるまでは春香さんも仕事は辞めないし、ここにいれば家賃も光熱費も食費も掛からないし、だね」

「いやお金は兄ちゃんもずっと入れてたろう。でも、まぁそういうことだ。何年か二人で一生懸命貯めれば、たとえばマンションを買うにしても頭金ぐらいは何とかなるんじゃないかって」

「そうだね」

そういうことか。

「わたしね、お兄ちゃん」

「うん」

「高校卒業したら、お姉ちゃんと一緒にパン屋をやるよ」

お、って少し口を開いて、お兄ちゃんがにっこり笑った。

「そうか」

「パンを焼くのはお父さんとお姉ちゃんに任せるけどね。わたしはおかずをたくさん作る」

お姉ちゃんの焼くパンに合わせた総菜《そうざい》パンの具を、今までも考えていたけど、もっとたくさん考えて作る。

「真奈は、舌が良いからな」

「そう思うでしょ？」

思う思う、って嬉しそうにお兄ちゃんが頷く。

「でも、そうなると料理の勉強はしなくていいのか？」

「料理の勉強？」

「今でも真奈は美味しい料理を作ってるけれど、真由と同じように、料理の専門学校に行って学ぶっていうのもひとつの道だと思うけどな」

「専門学校かー」

考えたこともなかった。

「もちろん、卒業してすぐにうちの店を手伝うっていうのもいいけれども、もしも真奈が料理の専門家になったなら、それが将来にも繋がるよな。たとえばだけれど、店の一部をイートインに改装して、パンをメインにした食事を出すことだってできるかもしれない」

「あぁ！」

そっか。そういうことか。

確かに、それなら料理を勉強することも生きてくると思うけど。

「でも、専門学校はお金が掛かるよ」

「それは、心配する必要はない。父さんだって母さんだって、ちゃんと考えているよ。真由のときだって話をしたろう？」

お姉ちゃんのとき。

「そうだったかもね」

忘れてたけど、お姉ちゃんは高校を卒業する前に、専門学校や大学進学の話をしていた。わたしも一緒に話を聞いていたっけ。

そうだ、お姉ちゃんは高卒でそのままパン職人の道に進むって言ったけど、考えなおして専門学校に行ったんだった。

「お金の心配はないよ。大丈夫だ。別に料理の専門学校だけじゃなくて、経営の勉強をしに大学に行ったっていいんだ。真奈が、真由と一緒にお店を継ぐんだったらね。そういう勉強だって無駄じゃないと思う」

大学かー。全然考えなかったけど。

そうだね。

「お店を継ぐ気持ちは変わらないけど、考えてみる」

「そうしよう。どう決まろうと、兄ちゃんはいつでも、いつまでも真奈の応援をするから」

「うん」

お兄ちゃんは、結婚してもずっとわたしのお兄ちゃん。

「あのね？」

「何だ」

今、ここで話すつもりは全然なかったんだけど。

なんか、言っといた方がいいような気がする。

ピピッと来た。

ここだ、って。

それは、幸せになる、幸せにするための神様からのサインだってぐらいに思ってる。

「わたしね、誰にも言ってないことがあるんだけど。お父さんにもお母さんにも、お姉ちゃんにだって話してない」

お兄ちゃんの顔が少し真剣な感じになった。

「何だ」

細井真奈　〈新郎の妹〉　十七歳　高校二年生

「わたしね、女の人の方が好きなんだ。男子より」

言っちゃった。

「小さい頃は男の子を好きになったこともあったんだけど、でも、やっぱり女の子の方を好きになっちゃうんだ。今も、そう。カレシじゃなくて、カノジョがいる」

日菜子は店に来たことあるし、お兄ちゃんも会ったことがあるけど、そこまでは今は言わないでおく。

お兄ちゃんが、椅子を回してわたしをまっすぐに見た。

「そうか」

「うん」

「真奈。それは、悪いことでも何でもないからな」

わかってる。

「そう思ってる。でも、これから大人になっていって、誰かと一緒に暮らしたくなったとき、それはきっと女の人だと思うんだ。お店を継いでここに住んでいたとしても」

お兄ちゃんが、大きく頷いた。

「そのとき、兄ちゃんはどこに住んでいたとしても、真奈の味方だ。たとえ、父さんや母さんが何か言ったとしてもな。でも、びっくりしたとしても、きっと父さんも母さんもわかってくれると思うぞ」

ちょっと笑った。

「きっと、春香もそうだ」

「春香さんも」

「春香は真奈のことをもう可愛くてしょうがないって言ってるぞ。あ、もちろん真由のこともな。一生可愛い妹として愛してくって言ってた」

「本当？」

「本当だ」

お兄ちゃんが手を伸ばしてきて、わたしの頭を撫《な》でた。すっごい、久しぶりに。

綿貫壽賀子《わたぬきすがこ》

〈新婦の母方の祖母〉　七十八歳　無職

孫の春香ちゃんが、結婚をする。

春香ちゃんは、今年で二十六歳。

お相手の男性は三十一歳。結婚する相手が五歳差っていうのは、なかなかよい年齢差じゃぁないのかね。

春香ちゃんはお姉ちゃんで、とてもしっかりした性格をしているわりには、実はけっこう甘えん坊さんなんだよ。だから、お相手は少しばかり年上で、春香ちゃんを甘えさせてくれたり、しっかりと背中で引っ張ってくれるぐらいの人の方がいいんじゃないかと、私は思っていたんだよ。

細井真平さん。

ご職業は、イラストレーターさんで、本の装幀家でもあるとか。

春香ちゃんが「お祖母《ばあ》ちゃん、わかる?」って訊いてきたけれど、江戸時代に生まれたわけじゃあないんですからね。わかりますよそれぐらい。

絵描きさんと、本のデザインを考えるのを一緒にやっている人だね。絵心もセンスもある人なんでしょうね。

でもまぁ、意外な職業の人を好きになったねぇと思っていたら、真平さんの実家はご商売をなさっていて、パン屋さんだって言うじゃないか。あらあら、って思ったわよね。

その真平さんが初めて挨拶に家に来たときには、私は生憎《あいにく》外せない予定ができて留守にしていたんだよね。その後に両方の家族皆で食事をした日の前日には、また間《ま》の悪いことに検査入院しちまったんだよね。

まぁその結果としてまだまだ、それこそ曾孫《ひまご》の顔を見られるぐらいには長生きできそうなことはわかったんだけれども。真平さんと春香ちゃんにその気があれば、早いとこ子供を作ろうって思っていたら、の話だけれどもね。

だから、春香ちゃんがスマホで写真を見せてくれたけれど、まだ私は真平さんに会えていなかったんだよ。

どうせ結婚式では会うんだしね。別になんとも思っていなかったんだけれど。

結婚式の前々日の水曜日。

春香ちゃんは有休を取っていたんだね。結婚してすぐに向こうの家で一緒に暮らし始めるものだから、いろいろと準備があるからね。

そうしたら。

「お祖母ちゃん」

「はいはい」

「今日は、どこにも行かないよね。何の集まりもないよね」

「ないね」

いつもセンターでやっている体操は昨日だったし、句会は一昨日《おととい》。水曜日はいつも何にもないから、散歩をするぐらいだよ。

「ちょっと、お出掛けしない？　私と」

「二人で？」

「うん」

「どこへ？」

「パン屋さんへ。今日のお昼ご飯を買いに」

パン屋さんへ？


〈ベーカリー　ＨＯＳＳＯ〉というのがお店の名前なんですって。

「ホッソ、って読むのね。細井だからホッソ？」

「そう。お父様のね、学生時代のあだ名だったんですって」

「あぁなるほど。真平さんは違ったのね」

「真平さんは、普通にシンペイ！　ってカタカナっぽく」

カタカナね。ありがちね。

でも、覚えやすくていいわ。ホッソって。

結婚式まで真平さんに会っていないっていうのを、春香ちゃんはずっと気にしてくれていたんですって。

綿貫壽賀子　〈新婦の母方の祖母〉　七十八歳　無職

だから、今日は真平さんも家にいるので、お祖母ちゃん時間があるなら一緒に行きましょうって。ちょっとだけ荷物を運んで真平さんと結婚式の話をするついでに、パンも買ってこようって。

まぁ買うなんて言ってもきっと向こうの親御さんは『どれでも持って行きなさい！』って言うんでしょうけどね。

「言われるかな」

「そうよ、私もそうだったわよ」

「お祖母ちゃんも？」

「お店にね、結婚前に孝明《たかあき》さんが来てご飯を食べていったら、そりゃあお金なんか貰わなかったわよ」

「あ、そっか」

「孝明さんは真面目《まじめ》だからね。『いえ、払います！』って言うんだけど、息子になる人が何言ってんの！　ってね」

そういうものよ。細井家の皆さんだって、長男にお嫁さんが来るのが嬉しくてしょうがないはずよ。それは、向こうの親御さんにも何度も会っている春香ちゃんを見ればわかる。幸せそうな春香ちゃん。

結婚は確かに二人のことであって、極端に言えば親なんかどうでもいいのよね。二人が幸せならば周りがどうであろうといいのよ。でも、二人だけ幸せでその他の周りの人が嫌な気持ちになるよりも、皆が幸せな気持ちになっていた方がいいに決まってる。

「あそこよ」

電車の駅を降りて、ほんの数分歩いたところで春香ちゃんが指差したお店。

〈ベーカリー　ＨＯＳＳＯ〉は小さなお店だけど、店構えからして美味しそうな雰囲気が出ているね。

こういうのは、大事なんだよ。

いいお店って、特に食べ物屋さんはそうだけれども、お店を外から見ただけで美味しそうって思わせなきゃあ駄目だろうし、実際美味しいお店はどこもかしこも店構えが良いのよね。

真平さんがお店のデザインを手掛けているって話だけれども、その辺はさすがデザイナーさんなのかしらね。色使いがとても良いわ。

木造りの正面に可愛らしいお店のマークがよく似合っている。

「大丈夫ね。そんなに混んでいない」

春香ちゃんがドアを開けると、可愛らしい女の子の声で「いらっしゃいませ！」。あの子が、真平さんの妹さんだね。

「あ、春香さん！」

「こんにちは真由ちゃん」

そうそう、真由ちゃんだったね。長女の方だったね。次女は確か真奈ちゃんで、まだ高校生だから今頃は学校だね。

「私のお祖母ちゃんの壽賀子《すがこ》さんなんです」

「あぁ！」

にっこり微笑んで帽子を取って、ぴょこんと頭を下げて。可愛らしく真面目そうなお嬢さん。

「どうも初めまして。春香の祖母の壽賀子でございます」

「初めまして！　真由です。真平の妹です。どうぞよろしくお願いします！」

「こちらこそ。こんな形のご挨拶でごめんなさいね」

「とんでもないです。来てくださって嬉しいです」

裏の方から出てきたのが、真平さんだね。

なるほど、中々どうしてイケメンさんじゃないかね。ちょっと小奇麗《こぎれい》にしてみれば女性にモテそうな。

「どうも、いらっしゃいませ。細井真平です」

「壽賀子でございます」

それから、お母様の久美《くみ》さん、お父様の光彦《みつひこ》さん。

相済《あいす》みませんねわざわざお顔を出していただきまして。

「どうぞよろしくお願いいたします」

「こちらこそ。ささ、どうぞどうぞ中の方へ。少しお休みください」

春香ちゃんの顔を見たら、こっくりと頷いたね。お茶でも頂く間に用事が済むんだろうね。

「それじゃあ、少しだけお邪魔させていただきます」

裏の方へ進もうと思ったら、厨房の奥から出てきたのは。

「どうもどうも、すみません。真平の祖父の健造《けんぞう》でございます。本日はわざわざようこそおいでくださいまして」

「あら、これはどうもご丁寧《ていねい》に」

顔を見合わせて。

健造さん。

細井健造さん。

「祖父もパン職人なんです。定年までは印刷会社に勤めていたんですけれど」

真平さんが教えてくれて、健造さんも頷いて。

その眼が、少し細くなりましたね。

「春香の祖母の、綿貫《わたぬき》壽賀子です」

「綿貫さん」

そうなのです。春香の母方ですので、名字が違うのです。

綿貫壽賀子　〈新婦の母方の祖母〉　七十八歳　無職

綿貫ですよ、健造さん。

覚えていらっしゃいますか。

驚きましたね。

　本当に。


　明日は、孫の結婚式。

　準備はしてある。黒の留《と》め袖《そで》を着るなんて、いつ以来だろうね。そして、できればぽっくり逝《い》かない内に、もう一度、秋郎ちゃんのときに着てみたいものだけれどね。あの子は少しのんびりしているから、無理かもしれないけれどね。

「お祖母ちゃん」

「はーい」

　春香ちゃんの声。襖《ふすま》が開いて、愛嬌《あいきょう》のある春香ちゃんの笑顔。

　明日からはもう、その笑顔を毎日は見られないんだね。そう考えると淋《さび》しくなるよやっぱり。

「なんだい。何かあったかい」

　頷きながら、春香ちゃんが小さな座卓についた。私の部屋は和室だからね。これがいちばん落ち着くんだよね。

「昨日、お店に行ったでしょう。真平さんのお家へ」

「行ったね」

楽しかったけど、少しパンを食べすぎたよね。お昼ご飯に買って持って帰るつもりが、結局向こうでたくさん食べてきてしまったんだから。

「美味しかったねぇあそこのパンは」

「でしょう?」

「話には聞いていたし、前も確か頂いたはずだけど、焼き立てのものはさらに美味しかったね。あそこは、真平さんのお父さん、光彦さんだったかい。あの人が作った店なんだよね?」

「そうなの」

何でも元々は叔父《おじ》さんというから、健造さんのご兄弟がなさっていたパン屋さんを、光彦さんが受け継いでまったく違うパン屋に作り直したとか。

「才能があったんだねぇ光彦さんは」

「私、パンが大好きなのは知ってるでしょ?」

「もちろん」

「たぶんね、〈ベーカリー　ＨＯＳＳＯ〉は私が食べ歩いたパン屋さんの中でも、一、二を争う美味しさ」

そうだろうとも。

綿貫壽賀子　〈新婦の母方の祖母〉　七十八歳　無職

お世辞抜きで、こんな美味しいパンを食べたのは久しぶりだって思ってしまったからね。

「それでね」

「うん、美味しかったよ。これからいつでもあのパンを食べられるんだね」

「そう、いやそうじゃなくて」

「そうじゃないの？」

「いや、それはそう。いつでも焼き立てとはいかないけれど、あそこのパンは食べ放題よ。それは私も嬉しくてしょうがないんだけれど。行ったときにね？」

「なんだい」

「真平さんがね、お祖母ちゃんと、向こうのお祖父《じい》様。健造さんの間に、何か妙な空気が漂《ただよ》っていたような気がするんだけど、気のせいかなって」

おやまぁ。

真平さん、そういうところに気づく人なのかい。あれだね、芸術関係の人だけあって、感じ取れる何かがあるのかしらね。

「それで、健造さん、お祖父様に訊いたんだけど別に何もないぞって言われたんだけど、どうしても気になるんだって」

「そうかい」

まぁ気になるだろうね。これから結婚して親戚になる家の、祖母と祖父の間に何かがあるんだったら、今のうちに確認しておきたいとね。

それで結婚がどうにかなることはまったくないけどね。

「うん。あのね、春香ちゃん」

「はい」

「春香ちゃんは、信用金庫にお勤めですから、口が堅いですね」

「もちろんです。顧客の秘密は守ります」

顧客じゃないですけどね。

どうしましょう。簡単に話すこともできるんだけれども、最後の夜だしね。春香ちゃんと、長い話をしましょうか。

☆

長く生きていると、いろんなことが起こるわね。

信じられないようないろんな出来事が、あちこちで起こっている。起こってきた。

今でも思い出す度に信じられなかったなぁ、と思ってしまうのは、ソ連がなくなったことかね。

本当に驚いた。

まさかあの大国のソ連がなくなってしまうなんて。もちろん全てがなくなったわけではなくて、ロシアとして今も大国だけれども。その他にも、大統領が暗殺されたり、ベルリンの壁がなくなったり、日本でも大災害があったり。

本当に、この七十八年の人生で、驚くことはたくさんあった。

もうこの年になって、後は静かにそのときだけを迎えられればいいなぁと。できれば病気になったりして皆に迷惑を掛けてしまったりはせずに、どこかでぽっくりと逝きたいなぁと思っていたのに。

まさか、こんな出来事が起こるなんてね。

本当に、驚いた。

人生って、劇場ね。ドラマだね。どんなにささやかでつまらないものだと思っていても、そこには何かが起こるものなんだね。

私は一九四二年の生まれだから、戦時中はまだ小さくて、あの戦争の間がどんな生活だったかはほとんどよくわからない。覚えていないんだよ。

幸《さいわ》い、というと、そうではなかった人に本当に申し訳ない気持ちになってしまうけれども、蕎麦屋《そばや》を代々営んでいた実家が空襲で焼けることはなかった。

だから、記憶の中に戦争の匂いはほとんどなく、あるのはただお店にやってくるお客さんたちの笑顔や涙だった。

汚れた軍服のままやってきて蕎麦をすする人もいた。涙を流しながら食べる人もいた。こんなに旨《うま》い蕎麦を食べられるのも、戦争が終わったからだと喜ぶ人もいた。

旨かった、ありがとう、また来るよ。

恵まれていたんだろうと思うよ。

理由はわからないけれども、祖父や父が、そう春香ちゃんの高祖父と曾祖父《ひいじい》ちゃんだね。二人とも戦争に連れて行かれることもなかった。

小さかったからそれを不思議に思うこともなかったし、何故だろうと思うような年になった頃には、もう日本は復興への道を力強く歩みだしていて、そんなことを気にすることもなくなっていた。

その実家が、蕎麦屋が、〈蕎麦いずみ〉がなくなってしまったことにも驚かされたよ。

話していなかったかい？　なくなったんだよ。

私が十七歳の頃だったね。父が何を思ったのか相場みたいなものに手を出し、騙《だま》されて、家も店も何もかも借金のカタに消えてしまったんだよ。

堅物《かたぶつ》だったのにね。あの父がどうしてそんなことを、と思ったよ。

人間は、いつどんなときに魔に魅入《みい》られるようにして悪いところに堕《お》ちてしまうものなのかわからない、と、母は泣いていたよ。父も、代々続いた蕎麦屋を失ってしまって、まるで魂《たましい》を抜かれたようになっていたね。

一家心中でもしてしまいそうなときに、私は、徹《とおる》さんに救われた。

店で働いていた綿貫徹さん。

私より三つ上の人。

春香ちゃんのお祖父ちゃんだね。

若い頃は物静かでね。いつも黙々と調理をしていたよ。そうなんだよ。想像つかないだろうけど、大昔は物静かだったんだよ。

腕が良くて、いつかのれん分けでもして独立させてやると父が言っていた人。

その徹さんが、うちがなくなってしまったときに、自分の店を出すことにしたと言ってきたんだよ。

蕎麦屋ではなく、洋食屋。

皆がちょっとびっくりしたさ。

どうして蕎麦屋ではなく、洋食屋なのかと訊いたら、実はずっと洋食の方が好きだったらしいね。それなのに蕎麦屋で働いていたのは、日本人の舌に合うのはやはり蕎麦屋にあるものなんだと。それは日本人の味の原点なんだと。

そこのところをきちんと突き詰めれば、ものにすれば、絶対に繁盛《はんじょう》する洋食店を作れると思っていたそうだね。

真面目で物静かだけど、ちょっと人とは違う考え方や感じ方をするおもしろい人。

それが、徹さんだった。

そうだね、年取ってからはそのおもしろい部分がどんどん表に出てきたかもしれないね。

そしてね、徹さんは私に店を手伝ってほしいって。

手伝うどころではなく、一緒にやってほしいと。

つまり、私に結婚してほしいと言ってきたんだよ。

実は、まだ蕎麦屋で働いていた頃に、お休みのときに二人で外で会ったことはあったのさ。デートとも言えない、仕事の参考にするために美味しいものを食べに行くというだけのことだったけれども。

あの頃から、私も徹さんに好意を持っていた。

徹さんは、もうずっと私を妻《めと》に娶りたかった。

それで、一緒になったんだよ。徹さんとね。

〈洋食わたぬき〉。

それが、お店の名前だった。

店を構えたのは、繁華街《はんかがい》からは少し外れたところだけど、いわゆる今で言うところのビジネス街だったね。周りに工場や会社や、倉庫がたくさんあるところだった。もちろん、そのすぐ近くに住宅街も。

綿貫壽賀子 〈新婦の母方の祖母〉 七十八歳　無職

まるでウナギの寝床みたいな細長い二階建ての建物の一階だったね。広さは、十五坪もなかっただろうね。それでも、夫婦でやっていくのなら充分すぎるほどだったよ。

厨房は徹さん、ホールは私。

徹さんは本当に腕のいい調理人だったんだよ。オムライスやカレーライス、ドリアにビーフシチュー。安い材料で美味しい食事を作ることができた。

美味しかったのは覚えているかい。

春香ちゃんが食いしん坊さんなのは、パンの味にうるさかったりするのは、ひょっとしたら徹さんの、料理人の血を引いたのかもしれないね。

お客様はすぐにたくさん来てくれたよ。

近くに会社や工場がたくさんあったからね。特に昼時は戦争みたいだったよ。忙しくて忙しくて大変だった。その代わりに、夜はのんびりとできたね。常連になってくれたお客さんとゆっくり会話をすることもできた。近くに団地もできたから、家族で来てくれる人も多くてね。

狭い店だから儲《もう》かりはしなかったけれども、夫婦二人で暮らしていくのには充分すぎるほどだったよ。

毎日のように来てくれた常連さんもたくさんいた。主に、近くの工場に勤めている人たちだったね。店は移転したりもしたけど四十八年間も続けられたから、若い頃からずっと通ってくれた人もいたね。

本当に、ありがたかったよ。

もう店もなくなって、徹さんも死んでしまって何年も経《た》つけれども、恩は忘れちゃいないよ。本当にね。

お客さんがいてくれたから、今こうして幸せに暮らしていられるんだとね。


娘の結婚、というのはそれはもう本当に嬉しいというか何というか。言葉では言い表せないものだったね。

自分が、女だからね。同じ女である娘が嫁《とつ》いで行く、違う名前になって新しい家族を作ることになったというのは、なんだろうねぇ。男親と女親じゃあ、たぶんだけれどもまったく違う感情が湧《わ》いてくるものだと思うね。

続いてくれた、かな。

自分がお腹を痛めて産んだ命が、自分の分身みたいな命が、今度は自分でまた命を続けてくれるところまで育ってくれた。そこに、進んでくれた。

感慨深いというか。

あぁやっぱりわからないかな。自分でもどう言っていいのか。

嬉しいのは間違いないんだけどね。もっともっと深いところからの思いがあるんだと思うよ。それはもう、どんな女性でもそうだと思うよ。

綿貫壽賀子　〈新婦の母方の祖母〉　七十八歳　無職

そしてその嫁いで違う家の人間になった娘が、幸せな結婚生活を送って、さらに生まれた孫というのは、そりゃあもう可愛くて可愛くて仕方がないよ。

自分に繋がった命だからね。

繋がった命だけれども、自分が与《あずか》らなくてもいい命だ。ただもう可愛がって愛してそれだけでいい命なんだ。社会的な責任とか教育とかそんなのは一切関係ないよ。

ただもうひたすら可愛がって愛してやる。

孫とは、そういうものだよ。

そういうものだし、自分の娘とはまた違う一歩離れたところから見られる存在だよね。

奈々子《ななこ》は、小さい頃からお人形が大好きでね。

放っておくとずーっとお人形で遊んでいた。店があったから、助かったよ。放っておいても静かに遊んでいてくれる子はね。本当に助かった。

そのうちに、お人形と服とかを紙で作り出したよね。折り紙とか千代紙を使って、帽子や靴まで作っていた。

それがまぁ、親の贔屓目《ひいきめ》を割り引いても器用なものでね。徹さんは「俺の手先の器用さを受け継いだな」って喜んでいたけどね。

この子はそういう才があるんだなって思っていたけれども、自分でもわかったんだろうね。

高校を出たら洋裁の専門学校へ行きたいと言い出したから、通わせたよね。そこで、洋裁の全てを習って、どんな仕事に就くものかと思ったら百貨店に就職してね。

てっきり服作りの何かに就くもんだと思ったけれども、百貨店の中でも高級ブランドのお店でね。

やっぱりそういうところでも、何の基礎知識もない人間よりは洋服の作り方を知ってる人間の方がいいんだろうね。細かいところで差が出てくるみたいだよ。お客様との接し方でね。

そうしているうちに、結婚したいと言ってきた。

夫になる人は、サラリーマンだと。大きな食品会社のね。本当にごく普通の会社員だと。

ちょっと笑ってしまったわよね。

奈々子は、そんなふうには思っていなかったけれども、付き合ってみると自分はそういう人を求めていたんじゃないかって気づいたってね。

自分の親が洋食店とかやっていて、普通のサラリーマンの家庭じゃなかったからね。昼も夜も休みもなく働いて、お休みの日に家族で旅行なんてこともほとんどできなかった。でも、友達のお家なんかはまるで違うって。

そういう家庭に、憧れがあったのかもしれないなって、そう言っていたね。

お相手の、春香ちゃんのお父さんは、井東孝明さんは、いい人だったよ。

真面目で、優しい男性でね。まぁお世辞にもハンサムとか色男だとは言えないけれども、別にそんなのはいいんだよ。俳優でもあるまいしね。

綿貫壽賀子　〈新婦の母方の祖母〉　七十八歳　無職

家もちゃんとあってね。井東さんのご両親が建てた大きな家があって、そこは将来は二世帯にもできるような家で安心して暮らせた。

いい結婚をしたと思ったよ。

幸せな暮らしをずっとしてこられたよね。

そうして、奈々子にとっては娘が、私にとっては孫の春香ちゃんが生まれて、春香ちゃんの弟の秋郎ちゃんも生まれて。

そうして、こうやって春香ちゃんが結婚を決めて、お相手はパン屋さんの息子さんだと聞かされたときにもちょっと笑ってしまったね。

おやおや今度はまた自営業に戻ったのかい、ってね。

あれだけ自営業ではなくお勤めの人の家庭を求めた奈々子の娘は、春香ちゃんは、パン屋さんの嫁になるのかい、とね。

おもしろいねぇ。

☆

「お祖母ちゃん」

「うん？」

春香ちゃんが、首を捻った。

「とてもおもしろい話だったたし、我が家の歴史を再確認できたし、まさかお祖父ちゃんのやっていた洋食店にそんな裏話があったなんて知らなかったけど」

「うん」

「結局、向こうのお祖父様は、細井健造さんはどこでどう」

「あぁ」

そうだった。

「ごめんごめん」

笑ってしまったね。

駄目だねぇ。まだ惚《ぼ》けてはいないつもりなんだけれど、ついつい肝心《かんじん》なことを話すのを忘れてしまう。

「細井健造さんが、定年前まで勤めていたのはどこだったかね」

「印刷会社、あっ」

まさか、って春香ちゃんが眼を丸くした。

「ひょっとして、お祖父ちゃんの、〈洋食わたぬき〉のお客さんだったの？　健造お祖父様は⁉」

「そういうこと」

お客様だったのさ。

細井健造さん。

「よく覚えているよ。もちろん、健造さんも覚えているはずだけどね」

私のことを。

綿貫壽賀子のことを。

「まさか、孫の結婚相手の、お嫁さんのお祖母さんが私だったとは思いも寄らなかっただろうけど」

「え、でもね」

春香ちゃんが、眼を細くした。

「それはもうものすごい偶然で、本当にびっくりなんだけど、でもでも、普通のお客様とお店の人だったなら」

「お久しぶりですね、覚えてますか？　ってその場でなるだろうね」

「そうよね」

何十年ぶりだよね。

「もちろん、嬉しかったんだよ春香ちゃん。何たってもう細井さんがお店に通ってくれていたのは、まだ若い頃だから五十年も六十年も前だよ。そんなに経《た》ってから偶然出会えるなんて、しかもお互いに孫同士が結婚するなんてねぇ」

とんでもない偶然で、しかも、やっぱりそういう縁があったっていうことになってしまうね。

「何があったの」

「色恋沙汰《いろこいざた》なんだけどね」

「色恋沙汰」

あの人はね、細井健造さんはね。今でこそただのパン屋の厨房を手伝ういいお祖父様なんだろうけどね。

「若い頃は、モテたんだよ」

「そうかも。今だって、けっこうシブイ感じのお祖父様。え、まさかお祖母ちゃんをお祖父ちゃんと取り合ったとか?」

「違うよ。いくらモテたからって私はもう結婚していたんだからね。人妻にどうこうなんていうろくでなしではなかったよ」

「じゃあ、何が」

「お店をね、貸してあげたんだよ」

「お店を?」

夜にね、お店を閉じて、別れ話のために、女性二人と話し合いをするためにね。

「別れ話?」

「別れ話というか、誤解を解《と》いてきちんとするための話し合いかね」

細井さんは本当にね、店を構えて間もない頃から通ってくれて、いい常連さんだったんだよ。いつも同僚やときには上司や、後輩を連れてお昼を食べに来てくれていてね。

「うちの人とも、馬が合っていたみたいでね」

あれこれと話していることもよくあったし、時には閉店間際にね、一杯引っかけた帰りに寄ってくれて、一緒に飲んだこともあったよ。

「じゃあ、お祖父ちゃんのこともよく知っていたんだ」

「知っていたね。あの頃は、だけれど」

どうもね、いつもご飯を食べに連れてきていた後輩の女の人二人にね、誤解されたらしくてね。

「誤解というのは、つまり健造お祖父様にその二人の女性は恋をしていて、そして二人とも健造お祖父様とは付き合っているつもりだったとか、あるいは好かれていると思っていたとか」

「そんなところかね」

その頃に、たぶんだけれど、健造さんはその後奥様になる人と知り合ってお付き合いを始めたんじゃないのかね。

ところが、そんなつもりはまったくなかったのに、二人から責められてしまった。

「まぁ確かに毎日のようにその二人のどちらかとお昼ご飯を食べに来ていて、仲睦《なかむつ》まじく話していたのは私も見ていたよ。きっとどちらかとお付き合いをしているのかなぁ、なんてことを思ったこともあったからね」

「そういう誤解をさせてしまった自分も悪かった、と？」

「もう五十年以上昔だからね」

皆が、何というか、今みたいな感じじゃなくて、純な気持ちを持った人が多かったんだよ。

「健造さんは、転勤も決まっていたみたいでね。それも重なって、二人の誤解を解いてなおかつ自分がそんな気にさせるようなことをしてしまったんなら謝りたい、とにかくきちんと話をしたい。けれども、そんな話を静かにできる場所なんていうのは」

「そうそうないわ」

「だろう？　その点、うちの店なら、いつも来ているし、閉店後だったら誰も来ないし、酒もないしね。顔見知りである私たち二人も立会人みたいな感じで店にいるしでね」

「頼られて、お祖父ちゃんとお祖母ちゃんはそれに応えたんだね」

そういうことだよ。

「健造さんは転勤して、しばらくは年賀状とかのやりとりはあったけれどね。そのうちに行き来もなくなって、うちもお店の場所を移ったりしたしね」

それっきりになった。

そうして、何十年ぶりかで、再会したのさ。

綿貫壽賀子　〈新婦の母方の祖母〉　七十八歳　無職

孫同士が結婚するんだって。

「大丈夫だよ。あの場ではすぐにお互いに赤の他人のふりをしたけれど、後で、そうだね、結婚式のときに空き時間もあるだろうから、きちんと昔話にして笑ってくるから。お世話になりましたってね」

それから、たぶんお互いに短い間だけれど、親戚付き合いをよろしくお願いしますとね。

何も心配いらないって、真平さんに伝えておくれ。

細井光彦《ほそいみつひこ》

〈新郎の父〉　五十九歳　〈ベーカリー　HOSSO《ホッソ》〉店主

今日じゃなくても良かった。

幸いと言うか、都合のいいことに父と息子ともに自営業だ。その気になればすぐに出掛けることはできたし、本当にいつでも良かった。

けれども、じゃあ、いつにするかと考えると決まらなかった。

そもそも、お墓に行かずとも仏壇に手を合わせればいいことだ。

行かなくてもいいが、行ってきちんと話してこないとどこかすっきりしないものが残るだろう。それは私も真平も同じ気持ちだった。

話し合って、いっそのこと、結婚式の前の日がいいんじゃないか、となった。

それは、人生の区切りの日のひとつだろう。

明日、真平は結婚式を挙げる。

一生を共に歩んでいくと決めた人と暮らし始める最初の日だ。それならば、その前日が区切りとしていちばん良いのではないかと。

その日に、墓参りをして、報告するのが。

もちろん、母さん、久美にもそう言った。

微笑んで、大きく頷いた。

「それが良いわ」

「そうだよな」

昨年のお盆のときに、真平は付き合っている人がいて、結婚を考えていることを心の中で報告したそうだが、それはそれ、だ。

結婚式の前日に、亡くなった母親の墓前に明日結婚することを報告する。

それがいちばんすっきりするような気がした。

私は店主で店で売られる全てのパンに責任を持っているが、朝の分を焼いてしまえば後は親《おや》父《じ》と真由で十分やっていける。

正直、今はもう私がいなくても真由が全部できると言えばできるのだ。

それこそ、その気になれば真由に店を任せて、母さんと二人で二、三日の小旅行だって行けるぐらいだ。これで、真奈もフルタイムで店に入れるようになれば、本当に姉妹二人の店としてやっていけるだろう。

だから、真平と二人で亡き妻の、真平の生みの母親の墓参りなどには、すぐに行ける。細井家代々の墓は浜松《はままつ》にあるので多少時間は掛かるが。

パン屋の朝ご飯はやっぱりパンなのだろうか、と思う人は多いだろうが少なくとも我が家はそうだ。

朝は、パンだ。売れ残ったパンもそれなりにあるので、自分の好きなパンを食べていいのだが、基本は食パンを焼いてトーストにしている。

それに、目玉焼きだのソーセージだのベーコンだのというもので朝ご飯だ。その代わりというのも変だが、お昼と晩ご飯にパンが出ることはほとんどない。おやつとか夜食は大体がパンになるが。

その朝ご飯を食べて、身支度を済ませ、久美に声を掛けた。

「じゃ、頼むな」

「うん、大丈夫」

皆に声を掛けて、真平と二人で家を出る。東京駅から新幹線で浜松へ。それほど混んではいないが、指定席に座った。

「二人でこうやって出掛けるのも、久しぶりだな」

「そうだね」

真平が少し笑って頷く。大体この息子は無口だ。私も、お客さんと話すとき以外はそれほど多弁ではない。

ただ、仕事の話になるとよく喋る。特に真平は話が上手《うま》い。職業柄と言うならプレゼン力に長《た》けている、ということになるのか。フリーになってもこうしてやっていけているのは、もちろんデザインのセンスやイラストの魅力があるのだろうが、その話力に因《よ》るところも大きいのではないか。

美術的なセンスは、間違いなく生みの母親の血だろう。何せ大学で美術を学ぶほどだったの

細井光彦　〈新郎の父〉　五十九歳　〈ベーカリー　HOSSO〉店主

だから。

「そういえば、母さんの名前、春香さんに教えたのか」

真平が、頷いた。

「少し前にね」

「少し前なのか」

「ちょっとだけ驚いてたよ。すごい偶然ねって」

「だろうな」

真平の生みの母親の名は、晴香《はるか》だ。

晴れの香りと書いて晴香。そして、私の義理の娘に、真平のお嫁さんになる春香さんは、春の香りだ。

死んだ最初の妻の、真平にとっては生みの母親の名前と、お嫁さんになる人の名前が同じ。

「いつ言おうかずっと考えていたんだけどって言ったら、笑ってた。きっと運命だったのよって」

良かった。

「そうか」

「初めて春香さんの名前を聞いたときには、そりゃまた、って思ったけどな」

「思うよね。僕も思ったよ。これはどのタイミングで言えばいい話題なんだろうって」

自分が小さいときに死んでしまった生みの母親と名前の読みが同じっていうのは、ただの偶然とはいえ、何となく気になるものだよな。

「でも、正直、僕にとってはもう久美、っていうのが母親の名前だって馴染んでいたからね」

「だろうな」

それは私もだ。妻の名前、と、思ったときに最初に浮かんでくるのはもう随分前から久美だ。最愛の妻だ。

もちろん晴香の名前を忘れるはずもないが、それが妻の名前だ、という思いは、普段は心の奥底にある。

「聞いていなかったけどさ」

「何だ」

「母さん、あ、晴香の母さんの方ね」

「ややこしいな」

「とりあえず晴香さんと久美さんって呼ぼうか」

それがいいな。こうして話すときにはどちらも母さんだからややこしい。

「晴香さんは、久美さんのことは知っていたの？　近所に住んでいたんだよね」

「あぁ」

もちろん、お客さんだったのだから。

「その頃は、久美はまだ小学生だったからな。店にお客さんとして来ていたのを見たこともあるだろうし、ひょっとしたら会話ぐらいはしていたかもしれないが」

「二人の間で話に出るようなことはなかったんだね」

「なかったな。その頃は」

「改めて訊くとなんか感慨深いよね。父親が小学生の頃を知ってる女の子と結婚したっていうのは」

やめてくれ。今更何の話をするんだ。

「知りたがっていたよ春香も。あ、またややこしい」

笑った。お嫁さんになる春香さんの方な。

「なれそめか」

「そう」

「話していなかったか？」

「聞いていない。両方とも」

「そうだな」

親の結婚のなれそめなど、息子は普通は興味がないものだ。

男親も特に話したい話題でもないだろう。娘は、意外と聞きたいものらしい。真由も真奈も、私と久美のなれそめについては聞きたがっていたことがある。

☆

細井家の先祖は静岡県だが、お前の曾祖父さんが東京に働きに出てきた。それが曾祖父さんがやっていた〈クリーニング細井〉だけど、最初はただの従業員だったのさ。

当時はこの辺でいちばん大きな店でな。あの大きな家もそもそもは従業員の寮も兼ねていたからだ。

「だから部屋数がやたら多いんだよね。前に聞いたことがある」

「そうなんだ。父さんの小さい頃はもっと多かった」

曾祖父さんは仕事熱心で、そこの社長に認められてな。娘を貰ってくれってんで、結婚してそのまま店を継いだ。婿《むこ》養子とかじゃなくてな。

まぁ結局はクリーニング屋はどんどん規模が小さくなっていってしまって、お前の祖父さん、健造祖父さんは家業を継ぐこともなく、印刷会社に就職して定年まで勤め上げたんだ。

そう、大叔父の作造《さくぞう》さんな。健造祖父さんの一つ違いの弟だ。

作造さんは若い頃から商才みたいなものがあったようで、クリーニング屋をさっさと畳んじまって、パン屋を始めた。

「それが元の〈細井パン〉」

細井光彦　〈新郎の父〉　五十九歳　〈ベーカリー　HOSSO〉店主

「けっこう繁盛していたんだけどな」

父さんが高校生のときにな。作造さんは癌《がん》になっちまって、そのままだ。理由はわからんが結婚はしてなかったもんだから、〈細井パン〉を継ぐ人間もいなかった。

「クリーニング屋を潰して今度はパン屋もかってな」

どうにも商売がうまくいかない家系か、なんて周りに言われて、ちょっと頭に来てな。

「高校を出たら、父さんがパン屋を継ぐ、って宣言してな」

「晴香さんは、その頃同級生だったんだよね？」

「そうだ」

晴香は、高校の同級生だった。縁があったんだろうな。三年間ずっと同じクラスで、わりと会話をすることも多かった。気が合ったんだな。

だが、付き合っていたわけじゃなく本当にただの仲の良い同級生だったんだ。

それが変わったのが、父さんがパン屋を継ごうと決めた頃。だから、三年生になって少し経った頃だな。

晴香は、中学校からずっと美術部だったそうだ。小さい頃から絵を描くのが大好きだった。だからその頃にはもう美術系の大学に行くと決めていた。

そういう将来の話を、たまたましたんだ。

どうしてだったかな。偶然、放課後の教室で二人きりになったときだったと思う。委員会か何かの帰りだったんじゃないかな。

叔父がやっていたパン屋を継ごうと決めたと言うと、それなら卒業後すぐにじゃなくて、調理の勉強もした方がいいんじゃないかってな。学校に行くだけが勉強じゃないから、どこかのお店で修業みたいなことをしてからでも遅くはないんじゃないかって。そういうアドバイスを晴香がしてくれた。

「たまたまなんだが、晴香の親戚で割烹《かっぽう》料理の店をやっている人がいたんだ」

「へぇ、それは知らなかった」

「小さい頃からそこによく出入りしていて、晴香自身は絵心の部分で料理というものにも関心があったんだな。彩《いろどり》っていうのは料理の大事な部分だろう？　特に割烹料理だから器とかさ」

「あ、なるほど。それでか」

そんな話をして、その日は一緒に帰ったりして、それからどんどん仲良くなっていった。

結局、高校卒業後は調理の専門学校に行くことを決めて、晴香は美術系の学科がある大学へ進んで、その間に付き合うようになった。

「店の最初の看板をデザインしてくれたのも晴香だった、っていうのは、知ってるよな」

「知ってる」

その店の新しいデザインを手がけるのがお前だっていうのは、何というか、父親としては感慨無量というかな。

細井光彦　〈新郎の父〉　五十九歳　〈ベーカリー　HOSSO〉店主

結婚したのは、二十六歳のときだ。

「卒業してよその店で修業して、ここでパン屋を開店してすぐだな」

学生時代からずっと付き合って、もうこのまま結婚するんだろうなって思っていた。晴香は、大学を卒業して美術の先生になりたかったんだが、あまりうまく行かなかった。狭き門だったこともあるし、生徒たちに絵とかを教えるということに何かこう、壁のようなものを感じていたようだな。

「お前も、美術関係の人間だから、その辺の感覚はわかるんじゃないのか」

「わかるというか、絵が巧《うま》いことと教えることはまったく別の感覚だからね。晴香さんは、その辺のことがうまくいかなかったんじゃないかな」

「そうなのかもな」

一緒にパン屋をやることに、ためらいはなかったそうだ。むしろ自分のそういう美的な感覚を、店作りやパン作りに活かせるんじゃないかと思ってくれた。

それで、結婚して二人で店をやっていこうと決めた。

「前は、絵を飾ってあったよね」

「あったな」

パン屋を始めた頃は、壁に晴香が描いた絵をいろいろ飾っていた。美味しそうなパンの絵を飾ったこともある。

絵を飾ってあるパン屋さんというのも珍しいと喜ばれた。

「新しいパン屋を始めること自体はそんなに難しくはなかった」

何せ、厨房機器やレジなんかは、叔父がやっていた店のものが全部そのまま残っていた。店の改装が多少は必要だったけれど、むしろ晴香がいてくれたことでずっと魅力的な店になったと思っている。

「親父もな、定年まではしっかり働いて店が儲からなかったときにはサポートしてやるって言ってくれたし、定年になったら今度はパン屋で使ってもらうってその頃から話していたし」

「そうなんだね」

会社が休みの日には、パン作りの練習もしていた。まだおふくろもいたしな。

「お祖母ちゃんね」

今とまったく変わらず、家族経営のパン屋だ。

「そして、実はパン屋を継ごうと決心した頃、晴香とそんな話をしていた高校生の頃に、久美が生まれていたんだ」

「十七歳違うからね」

そうだ。

久美の実家の鈴木《すずき》家は店から歩いて十分ほどの距離だから、ご近所さんと言っても大げさじゃあないが、付き合い自体はその頃は何もなかった。

「久美が店にパンを買いに来はじめたのは、彼女が小学校の高学年になってからだ。十一歳とか、十二歳になった頃だろうな」

その頃には、晴香はもうお前を妊娠していた。

「いや、ちょうど生まれた頃だったかな？」

「久美さんとは十一歳しか違わないから、そうかもね」

「そうだな」

そう。真平と久美は十一歳しか違わない。

彼女が二十一歳のときに、父さんと結婚した。

そのとき、真平は十歳だった。

「今更こうして訊くのも何だが、どうだったんだ？　十一歳しか違わないお母さんというのは何かこう、感情的なものはあったたか？」

「いや、本当に、特に何もなかったんだよ。久美さんとはもうその前から仲良くなっていたからね」

結婚前は久美ちゃん、と、真平は呼んでいた。母さんと呼ぶようになったのは結婚してしばらくしてからだ。

「結婚しようと思うって聞かされたときには、素直に嬉しいって思ったからね。お母さんができて、それが久美さんだっていうのはラッキーって思ったよ」

細井光彦　〈新郎の父〉　五十九歳　〈ベーカリー　HOSSO〉店主

「母さんと呼ぶのには時間が掛かったけどな」

「それはしょうがないよ。こっちは近所に住んでいる年上のお姉さんで、友達だと思っていたから。久美さんも別に無理しなくていいって言っていたからね」

そうだな。

毎日のようにパンを買いに来てくれた。

「それこそ、久美も春香さんのようにパンが大好きだったんだ」

久美のお母さんからしたら、家計を預かる主婦としてはパン屋さんで食パンや菓子パンを買うよりは、スーパーでパンを買った方が安くて助かる。

「でも、久美は一度うちのパンを食べてからはもう絶対に〈ベーカリーＨＯＳＳＯ〉のパンじゃなきゃ食べない！　って宣言したんだってな」

「そんなに」

「パン屋冥利《みょうり》に尽きるよ」

あたりまえだが、最初はいつもパンを買いに来てくれる近くに住んでいる女の子、だった。当然だな。父さんには妻がいて、お前がすでに生まれていた。小学生の女の子なんて、文字通りの女の子だ。名前すら知らなかった。

晴香が、病に倒れたのはお前が三歳のときだったな。急性白血病なんていうドラマでしか聞いたことのない病名を聞かされたときには、本当に耳を疑ったよ。

しかも、余命僅《わず》かとな。

「きついよね」

「きつかったさ」

この世の終わりかと思った。

「でも、お前がいたからな」

真っ先に考えたのは、お前のことだった。最愛の妻がいなくなってしまうという恐ろしさや悲しみなんていうのはまだ浮かんでこなかった。

息子がいる。

店もある。

何があろうと、どれほど打ちひしがれようとも、自分は生きなきゃならん。お前と店を守らなきゃならん。

一生懸命、晴香の分まで生きなきゃならんとな。すぐに思い直した。

「あまり覚えていないだろう？　お前は」

「全部のことはね。でも、覚えていることもたくさんある。病室の様子とか、葬式に人がたくさんいたこととか、母さんがいなくなってしまったことはね。はっきりと死んだんだ、って本当に理解したのはたぶん小学校に入ったぐらいだと思う」

「だろうな」

「それまでは、ただ晴香さんが、母さんがいなくなってしまったんだ、ってことだけ。悲しかったことだけだね」

まだ四歳かそこらの子供だったんだからな。そういうものだろう。

「ただ、お祖父ちゃんやお祖母ちゃんがね、すごく優しくしてくれて、淋しくなかったのもはっきり覚えているよ。母さんがいないって泣きそうになったら、いつも二人が慰《なぐさ》めてくれた」

「そうだな」

それは本当にそうだ。親父とおふくろに、助けられた。

「その六年後だよね再婚したのは」

そうなってしまったんだよな。

正直なところ、再婚する気などはまったくなかった。なかったというより、考えもしなかったというのが正解か。店をやっていくのに一生懸命だったし、それこそお前が大人になるまではしっかり稼がなきゃならんと必死だったからな。

でも、お前に母親が必要ではないか、というのは考えたことがある。おふくろがいたとはいえ、それはやっぱりお祖母ちゃんだからな。

「これはきっと久美も言ってないと思うがな」

「いや、なれそめに関しては何にも聞いていないよ」

「アタックしてきたのは、久美の方だ」

細井光彦　〈新郎の父〉　五十九歳　〈ベーカリー　HOSSO〉店主

嘘《うそ》じゃないぞ。

こんなことで嘘ついたって後でバレるんだからな。

久美がな、高校生になった頃だよ。そのときにはもうすっかり常連さんで、近所に住んでいる鈴木久美さんっていうのもわかっていた。

それで、アルバイトで雇ってくれませんかって言ってきたんだ。

「久美さんが？」

「そう、直接な」

「あ、それで家に来たんだ。夏休みに」

そういうことだ。お前は確か小学校に上がる前だったたな。ちょうどその頃に雇っていたパートさんが家庭の事情で辞めてしまっていてな。何とか回していたんだけど、それなら夏休みに入ることだし、その間だけでもやってもらおうか、とね。もちろん鈴木さんのご両親にも確認してね。わかってるだろうけど、さばけた楽しい夫婦でな。

「そうだよね」

パンが大好きな娘がパン屋さんでアルバイトできるんならそりゃもうお願いしますってもんでさ。

次の日からもうすぐに我が家にやってきて、ほとんど一日中家にいたよ。店に出ていないときのバイト代は払えないけどねって言っても、子供大好きだからいいです！　ってお前の遊び相手まで買って出てくれた。

「そうだよね。何か久美さんがずっと家にいたからね」

もちろん後から聞いた話だが、高校生の頃からもう父さんのことが好きだったって言うんだから、物好きというか何というかだよな。

「告白されたのも、久美さんから？」

「そうだ、というか、いきなり久美から言われたわけじゃない」

その前に、高校卒業したらこのまま〈ベーカリー　ＨＯＳＳＯ〉で働かせてもらえないかって相談されたんだ。久美からな。

何せその頃から働き者だったからな久美は。

明るくて、愛嬌があって、パンが大好きで、もうパン屋さんの店員としてはこれ以上ないって人だったから父さんは嬉しかったよ。こんなにいい子がうちでずっと働いてくれるんだったらぜひお願いしたいってな。

実際、久美がアルバイトを始めてからお客さんがどんどん増えたぐらいだ。もちろん、彼女の同級生が買いに来たり、その親たちが買いに来たりって感じでな。もうすっかりうちの看板娘みたいになっていたよ。

でもな、おふくろは、お祖母ちゃんは気づいていたんだな。

「言われたんだよ」

「何て」

「もしも、正式に従業員として雇うんだったら、お前は一生このまま独身で過ごすか、もしくは久美ちゃんと結婚しなきゃって」

「恋心を、わかっていたんだ。祖母ちゃんは」

「そういうことだ」

驚いたよ。まさか高校生の女の子が、こんな男やもめのおじさんを好きになっているなんてまったく思ってもみなかったからな。

「でも、気に入ってはいたんでしょ？」

「そりゃあ良い子だと思っていたよ。本当に笑顔の素敵な良い子だって。できることならずっといてほしいってね」

でも、それとこれとは話が別だと思ってな。

「確認したんだ。雇う前に」

実は、うちの母がそんなことを言っている。母の勘違いならそれでいいし申し訳なかったんだけど、まさか君は僕のことを好いてるなんてことはないよね、って。

「直球だね！」

「そうするしかないだろう。おふくろは伊達《だて》や酔狂《すいきょう》でそんなことを言う人じゃないからな。真面目な人だったから間違いないだろうってさ」

「久美さんは、何て」

「恥ずかしそうにして、その通りですって」

まぁまた驚いたよ。

マジか、ってね。

最初は、単純に美味しいパンを焼いてるパン屋のおじさんだったって。通っているうちに、どんどん気になっていったって。中学生になった頃には、一緒にお店で働きたいって思うようになっていて、これは恋だって気づいたって。

恥ずかしいよな。そういうことを面と向かって言われてしまった。

「でも、父さんだって、素敵なアルバイトの女の子って思っていたってことは好意を持っていたってことだよね」

「好意はな。あくまでも好意だ」

こんな若い子に好かれたといって浮かれるわけにはいかない。これから何にでもなれるし、未来に夢も希望もある女の子だ。

「かといって、その気持ちを無下《むげ》にするわけにもいかない。だから言ったんだ」

「なんて」

「アルバイトを続けてもらうのはかまわない。でも、将来のことを考えて、専門学校でも短大でも大学でも進んでくださいってね」

もっと広い世界を見てください。たくさんの人と知り合ってください。きっといろんな未来が見えてくる。

そうして、もしも、もしも二十歳《はたち》を過ぎてもまだその気が変わっていなかったら、正式に従業員として雇いましょうってね。

「それはつまり、単に若いアルバイトの女の子としてではなく、一人の女性としても見ましょうってこと」

「そういうことだな」

彼女の気持ちを考えると、そう言うのがベストだと思ったし、時間が経てば他にもっとお似合いの恋人と出会うかもしれないとも考えた。

「でも、久美さんの気持ちに変わりはなかったんだ」

そうなってしまったな。

「もちろん、その間にちゃんと気持ちを確かめたよ」

自分の気持ちをな。

こんな若い子にふさわしい男だろうかと。彼女を女としてきちんと見ているだろうかとね。

「それに、お前のこともな」

新しい母親が必要かもしれないとは幾度か思ったこともあったが、うまくやっていけるかどうかと。

「でも、もうとっくにお前達は仲良しだったからね」

「そうだね」

そこはあまり悩みはしなかったが。

「まぁそんな感じだ」

いちばん驚いたのは、二十歳そこそこの娘が十七歳も上のしかも子供もいるパン屋のおやじと結婚するって言い出したのに、反対も何もしないで大喜びした鈴木さん夫婦にだな。

「可愛い孫がいきなりできて、しかもおいしいパンを毎日食べられるって」

「本当におもしろいよね。向こうの祖父ちゃん祖母ちゃんは」

☆

山裾《やますそ》にある菩提寺《ぼだいじ》はかれこれ二百年になるという古いお寺だ。墓地はその裏手の山を少し登って開けたところにある。山の中だから、お盆の頃に来ると蟬《せみ》の声でお坊さんの読経《どきょう》も聞こえないほどだ。

細井家の墓は小さく、そしてもう永い年月に少し苔生《こけむ》しているところもある。刻まれた文字も昔のものは読めなくなっているのもある。

買ってきた花を供《そな》え、線香に火を点《つ》ける。

二人で、手を合わせる。

「真平が明日結婚式だ」

墓に向かって、言う。

「井東春香さんという、とても素敵な娘さんだ。お前と、字は違うけど同じ名前だ」

たくさんになってしまった家族と、一緒に暮らしてくれると言う。

「安心したろう。いや、今度は離婚しないかどうか心配か」

「そんな、結婚する前からそんな心配を」

二人で笑った。

「今度は、春香さんも連れて四人で孫の顔を見せに来られるかもしれないな」

「そうだね」

真平が頷く。まぁでもそればっかりは、授《さず》かり物だからな。わからないけれど、そうなればいいな。

「あれだね、父さん」

「なんだ」

「孫ができて、その孫が大きくなったらさ、縁起《えんぎ》でもないけど今度は父さんや母さんがここに入ることもあるだろう？」

「まぁそうだな」

細井光彦　〈新郎の父〉　五十九歳　〈ベーカリー　HOSSO〉店主

そんなに遠い未来じゃないだろう。

「父さんはいいとしても、久美母さんが入ったら、晴香母さんとはうまくやっていけるのかね」

「そりゃあ」

どうだろうか。

「いや、死ぬ前からそんな心配させないでくれよ」

また二人で笑って空を見た。

いい天気だ。

明日の結婚式も、いい天気だそうだ。

「さて、帰って仕事だ」

井東奈々子《いとうななこ》

〈新婦の母〉　五十歳　専業主婦

（明日だっけ？　結婚式）

「そうよ」

（あー、ごめんねそんなときに電話して）

「いや、別に何にもないのよ？」

（あれか、新婦の母親だからって式の前日が忙しいってことはないか）

「そんなんでもないわよ。着付けも全部向こうでするんだから、家ではほとんど何もすることないの。っていうか忘れちゃったわよね」

（何を？）

「結婚式。自分たちの」

（あー、何十年前だっけねぇ）

「前日とか当日とかいったい何をしていたとか、そんなこと。こないだからちょこちょこ考えていたんだけど、ほとんど思い出せないのよねー」

（そうだねー、覚えてないねー。どうでもいいことは思い出すのよね。親戚のオバサンの化粧が濃過ぎて笑えたとか）

「そうそう、お父さんの履《は》いてきた、あ、お父さんってうちの旦那様ね。孝明さんね、靴下に穴が開いていたとか」

（開いてたの？）

「開いてたのよ。よりによってどうして結婚式の日に履いてきた靴下に穴が開いているんだって訊いたら、どうせ履き替えるんだからいいかと思ってて。捨てればいいかなって言ったのよ」

（あ、孝明っぽいね）

そう、孝明。孝明さん。私の夫。

昔はマミの方が孝明さんと仲が良かったのよね。なんたっていとこだから。と言っても中学のときにマミの親が離婚しちゃってそれからしばらく遠ざかっちゃったらしいけど、血縁であることには間違いない。

びっくりしたわよね。私と孝明さんが知り合って付き合い出して、マミに紹介したら二人して、えええぇ！　って。

月二ぐらいで掛かってくるマミからの電話。

長電話。

だいたいいつも一時間や二時間、三時間だって平気で話したりする。たまに孝明さんにマミとの電話の話をすると、もう三十何年も友人でいて、よくそんな話すことがあるなって言うけれど、あるのよね不思議と。

マミは高校からの親友。

親よりも夫よりも誰よりもお互いのことを知っている友人。

そういう友人を持てたのは人生の中で本当に幸運だっていうのは、年を取ってからよくわかるものよね。

(結婚式の写真LINEで送ってよね。春香ちゃんの花嫁姿見たいから)

「新郎の写真もでしょ」

(イケメンのデザイナーさんね。もちろんよ。それ見せてうちのバカ息子にハッパかけたいからさ。あんたもさっさといい人見つけて親を安心させてって)

「まぁそれはさぁ、結婚っていうのも今は人それぞれだからね」

マミの一人息子の俊太《しゅんた》くんはもうすぐ二十八歳になるはずだけど、独身。

それぐらいの年齢で独身は全然普通だけれど、今の今まで彼女の一人も紹介してもらったことがないってマミはグチる。もう随分会ってないからどんな男性になったのかほとんどわからないけれど、マミの話では親の贔屓目を以《もつ》てしてもゼッタイにモテそうもない男だって。

他にも、同居しているお義母《かあ》さんに対する文句やらパート先での何やらを、延々と彼女は話し続ける。

大体、マミが八割方話していて私は二割。昔っから、高校で出会ったときからその割合は変わらない。私が大人しいとか無口とかそういうんじゃなくて、お互いにその方が気持ち良いのよね。

話を聞いているとドラマでしか観ないような嫁姑の確執とか問題って、現実にあるもんなんだなーって思う。

私は、そもそもお義父《とう》さんお義母さんと仲が良かった。

特にお義母さんとは馬が合った。本当に、馬が合ったんだ。もしも別の形で、たとえば会社の社長と社員という立場で出会ったとしても、きっとうまくやっていけたって思うぐらいに。

お義父さんは、孝明さんと同じでとても優しい男の人。あぁうちの旦那様の性格はお義父さん譲《ゆず》りだったんだなぁ、って素直に納得できるぐらいに、似ている父と息子。その息子を私は好きになって結婚したんだから、お義父さんのことを嫌いになるはずがない。大好きだった。

ずっと一緒に暮らしていけるって思っていたんだけど、二人ともまだ元気だったのに、早くに亡くなってしまって。そして、私の父も時期を同じくして死んでしまって。

（春香ちゃんは？　さすがに今日は家にいるんでしょ？　もう式の段取りなんかを決めることもないもんね）

「ないない。ずっといるわよ。何かうろうろしてるけどね。母と長話をしたり」

（明日にはいなくなっちゃうんだもんね。今夜は、結婚前夜だもんね）

「そうね」

確かに結婚前夜。

明日は結婚式。

まさか、三つ指ついて『お父さん、お母さん』なんてやらないとは思うし、やるはずはないけれども、あの子はけっこうな意外性の持主でもあるので一応頭の片隅には入れてあるんだ。

(いやまさかやらないでしょう。やった?)

「私?　やらないわよ。やった?」

(やるわけないじゃん私が気持ち悪い)

そうよね。マミは絶対にしないわよね。そんな話は聞いていないし。

(あぁでも結婚前って言えば、うちの親も気にしてずっと話していたわ。お前は向こうの親御さんとうまくやっていけるかしらって。いけないような気がするわって)

「そうなんだ」

(結局その通りになったから̇うちの母も人を見る目はあったわけね)

カラカラと笑う。マミの姑さんへのグチに付き合っていると、結婚って、お互いに好き合ってこの人と一生一緒に生きようとしてするものだけど、運もあるよなー、ってつくづく思う。マミの結婚を単に運が悪かったね、なんて軽々しくは言わないけれども、でもやっぱり運だなって思う。

(だって、好きになって付き合った人の親がどんな人かなんて、わからないじゃない超能力者じゃあるまいし)

「そうよね」

(結婚しようと思った人の親でも、合う合わないは絶対に出てくるんだからさ。その点、奈々

子は良かったわよね。気が合って）

「本当にそう」

私は、嫁姑の確執もまったくなかったし、これは孝明さんも言っていたけれど、二人とも病気になってこっちが悲しんだり心配したりする間もないほどに、あっさりと逝ってしまって。そして、私自身の父も同じようにあっさりと。

長患《ながわずら》いとか介護とかそういうのを娘として嫁として、まったく経験しないまま、今に至っている。

残されたのは私の母だけなんだけど、まだまだ元気で、そして幸いなことに孝明さんとも仲が良いから、今のところその辺の心配もない。

恵まれたっていう表現もあれだけど。何の苦労もしてこなかったし、たぶんこの先も苦労するとしても母の介護ぐらい。

それは、きっと大丈夫だ。私は母が好きだし、大事にする気持ちは山ほどあるし、いろんな覚悟はしてる。

「春香は、どうだろうかなー」

あの子は、どういう結婚生活を送るだろう。

（どうかしらね。春香ちゃんはあなたに似てけっこう図太《ずぶと》いからね。でもあれでしょ？　同居でしょ？）

「そう。それは春香から言いだしたらしいけどね」

結婚したら、向こうのお義父さん、お義母さん、そしてお祖父様に、夫の妹、つまり小姑さん二人と同居することを決めた。

近い将来には別々に住むつもりではあるみたいだけど、春香はそのままでもいいと思っているみたい。

毎日焼き立てのパンの香りに包まれて、しかもそれを好きなだけ食べて暮らせるなんて、そんな夢みたいな素晴らしい環境はない！　って握り拳を作って言っていたけれど。

「あんたはどれだけパン好きなんだって話よね」

（笑っちゃう。でも確かにパンはよく食べていたわよね）

そんな娘に育てたつもりはまったくないんだけど、本当にあの子のパン好きは、不思議。

思い起こしても、まぁ確かに我が家の朝ご飯はほとんどパンだったけれど、私も孝明さんもパンが特別好きってわけでもないし、秋郎もそうだし、死んだ父も生きてる母も普通だ。美味しいパンは確かに好きだけれども、毎日絶対に食べたいっていうほどでもない。

どうしてあの子だけが、熱烈なパン好きになってしまったのか、まったく理由がわからない。何かきっかけがあったのならともかく、本人もわからないって言ってるからね。わからないうちにパンが大好きになっていた。

（味覚とか好みって不思議よね。うちの旦那様もパスタというか、スパゲティ大好きで三食そ

れでもいいって人だけどね）

「いつでもイタリアに住めるって言ってたよね」

結婚相手の真平さんだって、確かにシュッとしたいい男で装幀家とかイラストレーターなんてカッコいい職業で、そして性格も穏やかで堅実で、とってもいい人をこの子は見つけたなぁって思っているけれど。

でも、結婚を決めた半分ぐらいは真平さんの実家が、これまでの人生で出合ったパン屋の中でナンバーワンだったからじゃないかって疑惑は拭《ぬぐ》えない。

（絶対にそうよ。きっと実家が普通のサラリーマンだったら結婚しなかったかもよ？）

笑っちゃうけどね。何度もそう訊いて、本人もある程度は認めているけどね。

「確かに、真平さんがパン屋の息子であることは大きな割合を占めているかもしれないって」

（でもいい理由よ。結婚を決める理由なんて、案外そんなものの方が、長くうまく行くのかもしれないよ）

そうかもしれないわね。

（あ、そろそろ買い物行かなくちゃ）

「うん」

（じゃね、またね。春香ちゃんにおめでとうって言っておいてね）

「うん、またね」

また一週間後か十日後かどんなに空いたとしても二週間後ぐらいには電話が来る。

春香には、そういう親友はいるんだろうか。学生時代から仲の良い友達の話は多少は聞くけれども。

本当に、親子と言っても、母と娘だったとしても、娘のことなんかわからないことはたくさんある。

違うか。

わからないことがあるのは、あたりまえなんだ。違う人間なんだから、わからなくてあたりまえ。

それでも、親子でしかわからないことがある。母娘にしかわかりあえないことがある。夫婦にしかわからないことがある。そして、友人同士でしかわからないことがある。

人生は、そうやってたくさんの人同士で繋がっていって、彩られていく。

春香の人生は、明日からまた違う家族と、違う人たちと繋がっていって、新たに彩られていく。

私たちと一緒に彩られたその日々は変わることなく。

明日は、結婚式。

最後の夜だから晩ご飯は少しでも特別なものにした方がいいのかしら、ってちょっとは思ったんだけど、よく考えたら電車で十分で帰ってこられる距離なんだし、何か忘れたとか言って取りに来たりするかもしれないし、いきなり真平さんと大喧嘩《おおげんか》して二日後とかにやってきたらそりゃもうお互いに気まずいだろうから。

「普通にすることにしたわよ」

「それはいいけれど」

春香も頷いた。

「でも我が家の普通の晩ご飯って何？」

「何かしら？」

晩ご飯によく登場するメニューといえば。

「カレーじゃないかね」

お母さんが言った。

「カレーねやっぱり」

一週間に一回は必ずカレーが出てくる。

お父さんも秋郎も大好きなチキンのカレー。個人的にはビーフカレーの方が好きといえば好きなんだけど、旦那様と総領息子のリクエストにお応えしてカレーはいつもチキン。

「まぁカレーだけっていうのも何だから、あなたの大好きなポテトサラダも作りましょうか」

「いいですねー。じゃあ私はご飯は半分にしてトースト焼くわ」

そうよね。

あなたはポテトサラダが出たら必ずトーストを焼いて、その上に載せるポテサラトーストが大好物よね。

「細井家のカレーは何なのかしらね」

「あ、チキンって言ってた。でも、カレーパンも売るのでビーフカレーも作るのよ」

「つまり？」

うふふ、って笑った。

「カレーも毎日食べようと思えば食べられるって」

素晴らしいわ。パン屋さんは総菜パンも作るから、いろんなおかずがあっていいわよね。

☆

「ねぇ、お母さん」

「ん？」

春香と二人で晩ご飯の後の洗い物。いつものことだから、何の迷いもなく、流れるような作業。

でも、何か、気のせいかもしれないけれど、お互いに少しだけいろんなものに優しくしているような気がする。優しくっていうのは、食器たちにね。いつもより少しだけ丁寧に優しく洗って片付けているような気もする。

「結婚式の前の夜って、お母さん何していた？」

「私の？」

「お母さんの」

　いやだ、昼間のマミとの会話を繰り返しているみたい。

「覚えてないのよ」

「覚えてないの?!」

「昼間にマミとも話したのよ。電話で」

「あー、マミさん元気？」

「あの人はいつでも元気よ。グチっているときがいちばん元気かもね。結婚おめでとうって」

「うん。マミさんも呼べたら良かったのにね」

　そうね、でも平日だしね。わざわざ九州から来てもらうのも大変よね。

「で、覚えてないの？」

　本当に覚えていないのよ。

「家にいたのは間違いないのよね。当日は家からタクシーで式場に向かったから」

「そうなんだ」

じゃあ前の夜にお父さんやお母さんとどんな話をしたかなんて、本当に覚えていない。もちろん、お世話になりました、なんてことはしていない。していないわよね？　こんなに記憶がないってことは、ひょっとしたら恥ずかしくてなかったことにしてしまっているのかしら無意識のうちに。

「案外そういうことかもね」

「私も忘れちゃうのかしら」

「三十年後ぐらいにはね」

そんなものなのかもよ。

「私も一回しかしてないんだから、わからないけどね」

結婚式当日のことだって、そんなには覚えていないんだから。そりゃあ、少しは覚えているけれども。

「お父さんにも訊けばよかったかな。結婚式の前日とか、当日のことを覚えているかって」

「あの人は、覚えているかもね。私は実家で暮らしていたけれど、あの人は一人暮らししていたから」

「そうなんだ」

そう、一人暮らしのアパートから式場に来たはず。だから穴の開いた靴下とか履いてこれたんだと思うわ。お義母さんが一緒だったらそんなの許すはずないから。

井東奈々子　〈新婦の母〉　五十歳　専業主婦

「紅茶でも飲む？」

「うん」

何か、そんな感じだった。うちのお風呂は男性陣が先に入るから、いつもならこれからしばらくは、テレビを観たりする時間。

でも、春香はどこか話し足りなそうにしていた。

私も、そんな気分だった。

キッチンのテーブルに座って、春香の好きな紅茶を淹れて。

「結婚式のことはまるっきり覚えていないの？」

「いや、少しは覚えているわよ。美味しそうな食事を全然食べられなくてすっごく悔《くや》しかったのは」

「そっちね」

それから、お色直しは一回にした。色は水色のドレス。

「今思えば赤にした方が良かったわ。派手だけど好きな色だし」

「赤なんだ」

カツラが似合わないから和装はなしにしたし、キャンドルサービスもなしにして代わりにクッキーを二人で配って歩いた。

そういうのは覚えている。思い出した。

会場に流す音楽はほとんど孝明さんが選んだけれど、私は大好きなエルトン・ジョンの曲を流してもらった。

「そういう、細かな決めごとみたいなものは思い出したけどね」

「けど？」

「どんな気持ちで前の夜を迎えたかとか、当日どんな気持ちだったかなんていうのは、本当に覚えていないわ」

「どうしてなんだろうね」

「どうしてかしらね」

結婚式。

人生のうちで、とてもとても大きな出来事だけどね。

「幸せなことじゃない？　結婚式って」

「そうだね」

「人生の中の一大事でとても幸せな出来事だけど、案外、幸せなことってそんなに残っていかないものなのかもね」

「そうなの？」

「だって、悲しいこととか不幸なことって、すっごく残るじゃない。いつまでも消えない傷みたいに。春香に今までそんな出来事があったかどうかだけど」

あー、って何か思い出すみたいに、小さく頷いた。

「そうだね」

「不幸や悲しみは傷となって残る。でも、幸せなことや喜びって、きっと身体や心に静かに染《し》み込むようになっていって、表には残らないものなんじゃないかしらね」

「染み込む」

そう。

「静かにね。ゆっくりね」

まるで、優しい味の温かいスープみたいに。

「嬉しくて楽しくてわいわい騒《さわ》いだとしても、幸せ、だとか嬉しい、っていう思いは、何だか身体や心に染み込んでいくもののような気がしない？」

何かそんな気がする。

「じゃあ、今の私の気持ちも、明日の私の気持ちも、静かに染み込んでいってただ幸せだったっていう思いだけが残って」

春香が言うので、二人で顔を見合わせて微笑んだ。

「その日に何があったのか、なんてものは時間が経つと忘れてしまうのよきっと」

忘れてしまうけれど、それは心にも身体にも染み込んでいる。だから、死ぬまで消えたりしない。

そういうものかもしれない。

春香が、うん、って頷いた。

「幸せそうな人って、そういう雰囲気をいつも漂わせているみたいに見えるわよね」

「そうよ。そういう人はきっと今までの人生で、たくさんたくさん幸せなことがあって、それを心にも身体にも残しているの。そしてそういう人は、周りにも優しくなれるんじゃないの？」

幸せや優しさを、他の人にも与えられる。

だから、どんなにささいな小さなことでもいいから、毎日を楽しく幸せな気持ちになれるように過ごしていけばいいんだ。そういう努力をすることで、自分も周りの人も優しく幸せになれる。

「そうか」

「なんて、今そういうふうに思ったんだけどね」

「今なの？　昔からそう考えていたんじゃなくて？」

「今よ」

何となく、そう思っちゃった。

「そうよ。それこそパン屋さんってさ、そこに行くだけで幸せな気持ちになれるじゃない？

焼き立ての美味しそうなパンの香りに包まれるだけで、そんな気持ちになれるじゃない」

パン！　って音を立てて春香が手を叩いた。

「そうなの！」

「幸せな気持ちを皆に与えられる仕事って最高じゃない」

「最高ね！」

そういう仕事をしているところに、娘がお嫁に行く。

明日。

ニコニコして、少しの間お互いに言葉が出てこなくて、紅茶を飲んで。お風呂場で音がしたからお父さんが上がってきたのかも。この後は、秋郎が入る。

「私ね、お母さん」

「うん」

少し恥ずかしそうな顔をする。

そうすると春香ってものすごく幼く見えるのよね。まるで中学生ぐらいの女の子みたいに見える。

「初めて真剣にお付き合いした人が、真平さんなのよ」

「そうなのかしらって思っていたけど、そうなのね？」

こくん、って頷いた。

「そりゃあ、デートぐらいはしたことありますよ？　高校生のときにだって」

あら。

「誰よ」

「有馬《ありま》くん」

「有馬くん、ってあの生徒会長だった？」

「そうそう。あの有馬くん」

「あの子って、確か東大に行ったんじゃなかった⁉」

「行った」

「何てもったいないことを」

春香が笑った。

「え、そのデートはどうしたの。一回きりで終わったの？　どうしてそのときに話してくれなかったのよ」

「いや話したとしてどうするのよ」

「そりゃもう全力で応援したのに。だって、あの子ってけっこうイケメンだったわよね？　成績はいっつもトップで、まるでマンガの主人公みたいな男の子だったわよね？」

確か、そうだった。そういう話をお母様たちの間でしたことあったもの。

「そうだけど、実はあいつけっこう性格歪《ゆが》んでいて」

「歪んでいたの？」

「っていうか、やな奴？」

　あらま。

「どうしてそんな人とデートしたの」

「まぁ、成り行きで。いや、そんな話はいいのよ」

　あなたが始めたんじゃないの。

「ずっとね。いつからかは自分でもよくわからないし、覚えてもいないんだけどね」

「うん」

「私は、結婚しないんじゃないか、なんて思っていたの」

「あら」

　初耳。

　全然初耳。何故か、意外な感じはしないけれども。あなたって本当に恋愛っぽいものの匂いがしなかったし、話も聞かなかったし。

「しないっていうか、少なくとも秋郎が結婚するまではって」

「秋郎が？」

　肩をちょっとすくめて見せた。あなた、よくその仕草していたわよね小さい頃から。どこで覚えたのかしら。

「何か、そんなふうに感じていた。秋郎に恋人ができて、結婚して。結婚じゃなくても一人前になってこの家を出ていくまでは、私も結婚しないって」

「どうして？」

わからない、って苦笑いした。

「いつからそんなふうに思ったのか全然覚えていない。とにかく、秋郎が丈夫に育ってどんどん大きくなって一人立ちしてこの家を出ていくか、もしくは結婚して出て行くのを見届けるまで、私は結婚はしないいんじゃないかって」

まぁこの子が秋郎のことを大好きなのは、もちろんわかっていたけれど。

「ひょっとして、それで恋もしなかったとか？」

「たぶん」

たぶんって。

「だってね、恋をしたらもうその人のことしか考えなくなるでしょう？　弟のことなんかどうでもよくなるわ」

「確かにね」

そもそも色恋沙汰に関心をもてば弟のことなんかどうでもよくなるのよ。

「そういうことを、たぶんもう小学生ぐらいから感じていたと思うんだ」

「おませさんね」

わかっていたけど。そう、この子は早熟だった。違うかな。その言葉だと何か違う意味になっちゃうような気がする。

大人びた感覚が早くから育った子だと思っていた。それはやっぱり、生まれる前に死んでしまった二人目のことが影響しているんだと思うけど。

「なんだろう、ある意味母性本能のようなものかしらね」

「あー、そうか。そういう見方もあるのかな」

わからないけど。とにかく、秋郎のことが大切で大事で、自分のことは全部後回しだったのね。

「雛《ひな》が巣立つまで自分の巣を守り切る親鳥みたいな？」

「母親でもないのにね。でもたとえるとそんなふうな思いを、ずっと自分の中に感じていたのかな。だからね」

「うん」

「本当に、恋というものを感じて、真剣にお付き合いしたのは真平さんが初めてだった」

そうよね、恋って、感じるものよね。どういうものかなんて説明できないけれど、心とか頭とか身体全身でとか、とにかく感じちゃうのよね。

これは、恋だって。これが、恋かって。

愛もいまだにわからないけど。

「そして、この人とずっと一緒にいたいって感じたのね。ずっと二人で生きていきたいって」

うん、って頷いた。

そうだったのか。

恥ずかしいような、どうにも表現しようのない思いを乗せた表情を春香はしている。

「大丈夫よ」

きっとこの言葉を、聞きたいんだと思ったから言った。

「大丈夫。私もね、初めて真剣にお付き合いした人がお父さんだったわ」

「そうだったの?」

そうよ。そんな話したことないと思うけど。

「そして、結婚してからもう二十九年、ずっと一緒にいるわよ」

小さな諍《いさか》いや、大きな怪我《けが》や、失った子供や、いろんなことがあったけれども二人で乗り越えてきた。

二人じゃないかも。

あなたたちがいたから。

「だから、きっと大丈夫」

あなたは、真平さんと一緒になって、幸せになれる。

絶対に。

「しんぺいすんな」

笑った。

「それ、お父さんも言った」

でしょ。

似た者夫婦でしょ。

井東奈々子〈新婦の母〉五十歳　専業主婦

細井久美《ほそいくみ》

〈新郎の継母《ままはは》〉四十二歳　主婦　〈ベーカリー　HOSSO《ホッソ》〉従業員

「観る？」

「うん」

「観る」

録《と》り溜《た》めてあるたくさんのテレビドラマ。

その他にもドキュメンタリーとかバラエティとかもあるから、どんどん観ていかないとすぐに溜まってしまうのよね。

真由や真奈はこの他にもネットのドラマとかも観るっていうんだから、いったいいつ観ているんだろうって思っちゃうわよね。時間がいくらあっても足りないわ。

「先にこっち観ようか」

「あれ、ちょっとおもしろくないよね」

「でも結末は気になるよね。あの家の長男が結局どうなるのか」

「そうなんだよね。もう少し観ようか」

女三人、風呂上がりにテレビの前で話しながら、それぞれが飲み物を用意する。

私はコーヒーを淹れて、真由はカフェオレ、真奈はペットボトルのアイスティー。最近真奈はアイスティーにはまってるのよね。〈アイティー〉って言ってるけどどうしてもＩＴって聞こえるのよね。

おやつ、というか、キッチンのテーブルの上にはいつもパン。

細井久美　〈新郎の継母〉　四十二歳　主婦　〈ベーカリー　HOSSO〉従業員

その日のうちに食べないとダメな売れ残りを、一口大に切って大皿にのせてラップをふわっと掛けて置いてあるの。お総菜パンなんかはひとつずつラップで包んで冷蔵庫に。なんだかんだでなくなるのよね。

朝ご飯なんかはそのお総菜パンの総菜の部分をおかずにして済ませてしまうことも多いし。そうやってもどうしても残ってしまうものはパン粉にしたりもする。できるだけ捨てないようにする。

でも、残念ながらもう無理なものは裏の小さな庭のコンポストへ。庭では野菜を作っていて少しばかりだけれど、お総菜にも使っている。将来的に、それも近い将来的にだけど、どこかの畑を借りてパンに使う野菜は全部自家栽培でまかなえないかって考えているのよね。

お店でパンに使う野菜の量なんかは高が知れているから、そんなに経費節減にはならないし、むしろ畑をやる分だけ負担が増えるんじゃないかって計算はあるけれども、ひとつの売りにはなると思うのよね。

それに、イートインを作ったとしたら、そっちでサラダメニューなんかを出せば今度は文字通り野菜の方では経費節減になっていくだろうし。

「お帰りー」

裏玄関が開いてお風呂から帰ってきた光彦さんたちの声がしたから、女三人声を揃えて言う。立ち上がって、冷蔵庫から光彦さんと真平のトマトジュース、お義父さんには麦茶。

「バスタオル洗うから洗濯カゴに入れといてねー」

おう、とか、うん、とか声が聞こえて、光彦さんとお義父さんはそれぞれの飲み物を取って、居間のソファに座って新聞読んだり居間のテレビを点けてニュースを観たり。

真平はそのまま自分の部屋へ行こうとする。

「真平」

「なに？」

「あなた、明日の準備はもう何もないのよね？　忘れてることないかどうか、確認してよ？」

少し笑った。

「大丈夫だよ。もう準備万端」

うん、だと思うけど。

真平はちょっと気が小さいから何もかもきちんと準備しておかないと不安になるのよね。あなたはどんなことでも、待ち合わせ時間の三十分前には現地に着かないと心配になるような子だからね。

「明日は早起きしなくていいんだからね？　そっちこそ間違えないでよ」

「あら、大丈夫よ」

滅多にない、早起きしなくてもいい日なんだから、楽しみに夜を過ごすわよ。

パン屋の朝は早い。

その分、夜も早い。

普通のご家庭がドラマを観るような時間帯には寝ないと毎日寝不足になってしまう。だから、普段は女三人が順番にお風呂に入って、全員が上がったこの時間から九時過ぎぐらいまでが我が家のテレビドラマタイム。

実は居間のものよりキッチンに置いてあるテレビの方が新しくて大きくて、しかも食卓に着きながら観られるからこっちは女三人の専用テレビ。

いつもは、まだ学校がある真奈はその後もう少し起きているけどね。私も、もう少し起きてるけど、パン職人の真由はしっかり十時には寝る。そうしないと朝の四時には起きられない。

真平はもちろん、パンの仕込みには関係ないから、もっとずっと遅くまで起きているんだけど。自分の仕事をしているから。

「明日からさ」

真由が言った。

「ここに春香さん来るんだよね」

うん、そうね。

ちゃんと春香さんの分の新しい椅子は用意してある。元々、六人がそれぞれ向かい合って座れるオリジナルの大きなダイニングテーブル。

お義父さんと、光彦さんと私、真平に真由に真奈でちょうど六人だったけれど、まだ二人分空いているから、明日からは正面にお義父さんが座って、その反対側に光彦さん、私と真奈と真由、そして真平と春香さん。新婚さんだからしばらくはそういう並びで座ろうって話し合っていた。

明日は結婚式。

真平と春香さんの。

そのまま春香さんは、我が家にやってくる。新婚旅行はもう少し先で、明日から我が家で一緒に家族として暮らす。

だから、今日はいつもとは少し違う。

真由も今夜は十時に寝なくていい。もっとも習慣になっているから寝ちゃうかもしれないけど、お店は休みだから朝の四時に起きなくてもいい。明日着ていく服は用意してあるし、私と光彦さんは式場で借り物の服を着るから何も用意する必要はない。

「大丈夫。春香さんもドラマ好きだから。確認済み」

「お風呂も四人だとちょっと遅くなっちゃうかもね」

真奈が言う。

「その辺はね。新婚さんだから真平と一緒に銭湯に行くかもしれないし、仕事はほとんど定時で上がれるから晩ご飯の前にお風呂済ませてもらえるように言ってもいいし」

「あ、そっか」

細井久美〈新郎の継母〉四十二歳　主婦〈ベーカリー　HOSSO〉従業員

大家族、とまでは言えないかもしれないけれど、我が家は男三人に女が三人。

全員が順番に家のお風呂に入っていたら、最後に入る人はかなり遅くなってしまう。幸いボイラーは強力なので何人お風呂に入ろうがお湯に困ることはないし、昔ながらの銭湯もすぐ近くにある。

なので、男性陣はそれぞれ銭湯に行って、女性陣は家のお風呂を使うことが昔っから細井家の習慣。真由や真奈は朝のシャワーで済ますことも多いしね。

「春香さん、本当にパン作りの修業をするのかな？」

真由がちょっと心配そうな顔をした。

「そう言っていたけど」

パンが大好きで大好きでしょうがない春香さん。今までも自宅でパンをたくさん作っていて、修業といっても我が家のパン作りの工程さえ覚えちゃえば後は慣れるだけだと思うけど。

「当面は信用金庫のＯＬさんだろうね。真平の仕事だってあるし、それに子供を作ることも考えているだろうし」

「そうなると部屋も狭いから、どこかに住む所を借りなきゃって話になるよね」

「あ、その頃には俺はもういないだろうから、部屋が空くぞっておじいちゃん言ってた」

「またまた」

でも、それはあるかもしれない。まだまだ元気なお義父さんだけど八十過ぎて急に身体の動きが鈍《にぶ》くなってきた気がする。

「イートイン、するんだもんね」

「そうだね」

パン屋でこれからも食べていけるようにするために、けっこう前から話していたこと。真由はすっかり一人前のパン職人になったし、真奈も卒業したらお店で働くと言っているし、光彦さんだって私だってまだまだ若くてこの先何十年も働くつもりなんだから。

事業拡大をきちんと考えなきゃならない。

真由に二号店を作って任すって話も出たけれども、それよりも真奈が高校を卒業して専門学校にでも行って、パン屋の仕事をしっかりと落ち着いてできるようになってから、今の店を少し大きくしてイートインのスペースを作って飲食で稼ぎを増やす方が現実的ではないか、と。あと十年もしたらその頃には真奈も一人前になっている。そうなったときに、姉妹でやっていて食事もできるパン屋の方が、より良いのではないかと。

真平もそう言っていた。

仮に世界が戦争でまた荒廃したとしても、その荒廃した世界で最初に立ち昇る煙《けむり》は料理をする煙なんだからって物騒なことを言っていたけれど確かにそう。

生きることは、食べること。パン屋さんも含めて食べ物屋は、いろんな意味で弱いけれども、実はいろんな意味で強い。そういう商売をやって生きているという強みをちゃんと考えていかなければと。

　良い息子だわ本当に。

「私のね」

　真由がロールパンを一口食べて言った。

「高校の同級生だった志賀《しが》くんっていているんだけど」

「志賀くん。わかんないわね」

「お母さんは知らないよ。私もそんなに親しくはなかったもん」

「知ってる。弟いるよね？　私と同じ学年の」

「あぁそうそう。いたね」

「その志賀くんがどうしたの」

「今度、結婚するんだって」

　あら、それはおめでたいけど。

「二十一でご結婚」

「うん、高校出てすぐ就職したからね」

　ちょっとばかし早いけれども、ちゃんと働いているんならね。

「お嫁さんも同級生なのよ。品川《しながわ》さんってこれもお母さんは知らないと思うけど。品川愛子《あいこ》ちゃん」

うん、知らないね。

「同級生同士で結婚かー」

真奈がどこかほわほわした顔で嬉しそうに言うわね。でもそうよね、そういうのちょっと憧れたりするわよね。気持ちはわかる。

「で、何の話かって言うと、志賀くんのお母さんが、そんな若さで結婚を決めた息子に嬉しい反面複雑な気持ちがあるって話でね。しかもお嫁さんがまったく知らないわけじゃない同級生の女の子っていうんで」

「なるほどぉ」

そういう話ね。

「お母さんは、立場的に全然違うけど、どう？　血は繋がっていないけど息子が結婚して、新しい娘ができるっていうのは」

「それはね」

もう嬉しくて嬉しくてしょうがないわよ。

可愛い息子にお嫁さんが来るのよ。それも可愛くて気立ての良い子よ。本当に春香さんはいい子だと思う。

「こんなに幸せだって思うのは、あなたたちを産んで以来よ。あ、お父さんと結婚できたのはその次ね」

二人が笑った。

「どういう順番」

「いちばん幸せなのはあなたたちが生まれたこと。次に幸せなのは真平が結婚すること。お父さんと結婚したのは三番目に降格ね」

「降格なんだ」

そのお父さんは、真剣にテレビのニュースを観ている。聞こえていないわよ。ガラス戸だけど閉まっているから。

「まぁでも」

確かに、実の息子じゃない。

真平は、光彦さんと亡くなった晴香さんとの間に生まれた子。

真由と真奈は真平ともしっかりと血の繋がりがある兄妹だけど、真平と私との間に血縁はまったくない。

赤の他人。

でもそんなこと言ったら、そもそも夫婦だって赤の他人だからね。

「確かに、自分で産んだ実の息子にお嫁さんが来るのとは、まぁそんな経験がそもそもないから、そういうのはわからないけど」

「少し違うかもね」

「かもね」

どう違うかもわからない。私は女の子しか産んでいないから、真由と真奈が誰かと結婚するときには、自分と同じ女なんだからいろんな部分でわかりあえるだろうけど、何せ真平は男。

そう、私は真平がこの家に生まれたのを知っていた。あの子が赤ちゃんの頃から知っていた。

「お店に出ていた晴香さんのお腹が大きくてね、赤ちゃん生まれるんだー！　ってちょっと嬉しかったからね」

「嬉しかったの？」

そうよ。

「おめでたいことじゃないの。自分が大好きなパン屋さんのご夫婦に、まぁその頃はまだ小学生だったから〈ご夫婦〉なんて言葉で思わないけど」

「思ったらビックリだね」

「頭の良い子よね。私は普通だったから」

普通の、女の子だった。特別可愛くもなくて、成績が良いわけでもなくて、スポーツができるわけでもない。

「クラスにその他大勢でたくさんいるような女の子よ」

そういう点では、真由も真奈も、その他大勢じゃないのよね。親の贔屓目を除《のぞ》いても可愛い女の子だから誰に似たのかしらって思うけど、やっぱり光彦さんなのよね。

光彦さんの赤ちゃんのときって、もう本当に女の子みたいに可愛いのよ。そしてあなたたちそっくりなのよその顔が。今でこそ普通のおじさんになっているけど、今でも眼なんかあなたたちと同じよね。

「晴香さんは美人さんだったから」

うん、って二人して頷いた。二人とも晴香さんの写真は見て知ってるからね。

「お兄ちゃん、晴香のお母さんによく似てるよね」

「顔の形はお父さんだけど、中身は晴香のお母さん」

そう、その言い方よね。

「晴香のお母さん、って呼び方マズイかな？」

真由が言う。

「春香さん、何か微妙な気持ちになるかな」

「大丈夫じゃないの？　真平もちゃんと話しているだろうし。そもそも晴香のお母さんは、春香さんが愛する真平の生みのお母さんなんだから」

すっごくややこしいけど。

「だから、真平もすっごく可愛かったのよ」

私が初めて真平を見たのは、ちょうど私が中学生になった頃だったと思う。パンを買いに行ったときに、たまたま晴香さんが抱っこして店の裏から出てくるところだった。

「私はもうすっかりお店の常連になっていたからね。きっと晴香さんも私の顔を知っていて、私が赤ちゃんを見てカワイイ！　って感じで声を掛けてしまって」

「そのとき、初めてだったの？　晴香のお母さんと話したのも」

「そう、初めて」

話したと言っても、カワイイですね！　って。そして名前何て言うんですかって。

「真平って言うのよ、って晴香さんは教えてくれて。本当に可愛かったー、真平。こーんなちっちゃい手で機嫌《きげん》よく笑っていて」

その真平がねぇ。

明日は結婚式よ。

お嫁さんが来るのよ。そりゃあなたたちがもう立派にお店の仕事をする年頃になっていることにもなんか驚いちゃうけど。

「真平がねぇ」

そう、さっきの話の続きになっちゃうけどね。

「自分が産んだ子供じゃないことは事実だけど、旦那さんの連れ子って感覚ともまた違うのよね私は」

「そうだよね」

生まれたときから知っていたし、学生時代からずっと可愛がってきた男の子。

「家庭教師みたいなこともずっとしていたからね。家庭教師って言っても真平は頭が良かったから教えることなんか何もなくて、ただの遊び相手みたいになっていたけど」

「お兄ちゃんも言ってたよね」

「そう、近所の優しいお姉ちゃんがそのままお母さんになったって」

そういうこと。

「しかも私はお店のアルバイトとしてここで働いていたわけよ。真平にしてみると、近所の優しいアルバイトのお姉ちゃんとずっと仲良くしてきたら、今度はそのままお父さんと結婚してお母さんになってしまったというね」

たぶん、世の中にもなかなかないスタイルというか形式で、二人目の母親を持ってしまったんじゃないかと。

そう言ったら、真由も真奈も笑った。

「確かになかなかいないかもね」

「改めて考えるとそうだねー。お母さん心配じゃなかった？　結婚するってお兄ちゃんにそれが受け入れてもらえるかどうかとかって悩まなかった？」

「悩んだ、っていうか」

悩みはしなかった、かな。

「あのね、知ってるだろうけど真平ってすっごく気のつく男でしょ。思慮深いというか気が回るというか」

「わかるわかる」

「そうそう」

「それはもう小さい頃からそうだったのよ。だからね、アルバイトしている頃から、私が自分の父のことを好きなんだってことに気づいていたみたい」

「そうなの?」

「そうなのよ。だって言われたもの。お父さんと二人でね、結婚するって伝えたときに、笑顔で『そう思ってた』って」

「それって、お母さんがわかりやすい女の子だったってことじゃないの?」

真奈が言って笑った。案外そうかもね。

「バレバレだったのかも。だって、お父さんに告白したときもね。実は母親、おばあちゃんね、わかっちゃってたみたいで、逆にお父さんから訊かれたぐらいよ」

あれはもう本当に恥ずかしいというかなんていうか。

「でも、それってとっても幸せなことかも」

真由が言った。

「幸せ?」

細井久美　〈新郎の継母〉　四十二歳　主婦　〈ベーカリー　HOSSO〉従業員

「そう、だってお兄ちゃんはずっとお母さんのことが好きだったわけでしょ？　仲良しのお姉ちゃんだったんだから」

「まぁ、そうね」

嫌いじゃなかったでしょうね。っていうか好かれていた。

「それは間違いないと思うわ」

「その好きなお姉ちゃんがそのままお母さんになっちゃったんだもん。きっと嬉しかったと思うな」

「そんな話したことないもんね」

「ないね」

しないわよね兄妹でそういう話は。きっと真平も恥ずかしくてしょうがないでしょう。

「お母さんはさ、前にも聞いたけど、私みたいな高校生のときに、十七歳も上だった三十何歳のおじさんに恋をしていたわけじゃない」

「そうね」

何度もした話だけど、そうよ。おじさんに恋をしていた高校生よ。

「いつ、これは恋だってわかったの。つまり大好きなパン屋のおじさんが、実は男性として好きだってことに。だってさ」

ちらっと真奈が居間の方を見た。光彦さんは相変わらずニュース番組を観ている。お義父さんもまだいる。二人とも明日は早起きしなくていいから、このままテレビを観続けるつもりね。

「本当に、ただのパン屋のおじさんでしょ?」

「そうね」

「確かにお父さん、ちょっとは顔立ちはいいけどさ、そもそもただパンを買っていただけの関係でしょ?」

「あー、それは私も聞いてないけど、でもそんなのわかんないんじゃないの?」

真由が言う。

「人を好きになるって、確かに何かきっかけがあった場合もあるだろうけど、ほとんどは気づかないうちに好きになってたっていうんじゃないの?」

「そうねぇ」

人それぞれだろうけど。

「私の場合は、あったのよ」

光彦さんを、パン屋のおじさんを好きになったきっかけっていうのが。

「え、なになに」

「本当に大したことじゃないのよ」

そもそも私はここのパンが大好きだった。本当に、心の底から美味しいと思っていた少女。

そして、そのパンを焼いていたのは細井光彦さんという自分よりずっとずっと年上のおじさん。

　名前はちゃんとチェックしていた。だって、美味しいパンを焼く職人さんなんだから、きっとすごい人に違いないって小学生の頃から思っていたから。

「言ってみれば、まず尊敬があったのね。恋をする前に」

「なるほど」

「尊敬ね」

　小学生や中学生のときに、先生を尊敬したりするのと同じようなものよね。

　まずそれがあった。そして中学校に入る頃には、細井光彦さんというパン屋の職人さんはおじさんだけどちょっとカッコいい男の人だって思っていた。

「そもそもが、好みの顔の男性だったみたいね」

　だから、尊敬が憧れみたいなものになっていった。

「ああいう大人の人が、自分のお兄さんだったらいいな、とか、お父さんだったらいいな、とかそして彼氏だったらいいな、っていうほのかな恋心にも似た、憧れよ」

　おお、って二人して声を上げて、ニヤニヤしたり頷いたり。

「それは、わかるね」

「うん、理解できた」

「それでね」

あれは、高校生になる春だった。

そのときには、もう晴香さんはお亡くなりになっていた。私はそれを人づてに聞いていた。まだ小さかった真平を、母親を失ってしまった真平のことを本当に可哀相《かわいそう》に思っていた。

お店に出てきてお客さんの対応をする光彦さんはまるで変わらなかった。それまでと同じように、笑顔でお客さんに応対して、ありがとうございました、って自分で焼いたパンを売っていた。

すごいな、って思っていたんだ。最愛の奥様を失ったのに、お店をほとんど休むこともなく、あんなに小さい子供を育てている。

そして、パンの味に変わりはまったくなかった。ずっと美味しいままだった。

「訊いちゃったの」

たまたま、他のお客さんは誰もいなかった。店は私と、レジにいた光彦さんだけ。パートのおばさんも裏に引っ込んでいた。

☆

久美ちゃん。今、学校の帰り？　って光彦さんは笑顔で言った。私は、そうです、ってこくん、って頷いて。

「あの！」

「うん？」

「ずっと言えなかったんですけど、知っていたんですけど、あの、奥様、ご愁傷様《しゅうしょうさま》でした」

本当に言えなかった。だって、私はただの常連さんで。名前だけはたまたま予約とかもしていたから覚えてもらっていたけれど、何の関係もなかったから。

光彦さんはちょっとだけ、ほんのちょっとだけ驚いたような顔をしてから、微笑んで頷いた。

「ありがとうございます。知っていたんだね」

「はい。あの、お子さん、真平ちゃんの名前も前に聞いていました。大丈夫でしょうか、って私なんかが心配しても、変なんですけど」

光彦さんがううん、って首を軽く横に振った。

「そんなことないですよ。心配してもらって嬉しいです。真平は、まぁお母さんがいなくなっちゃってね。淋しく思ってはいるけれど、大丈夫ですよ。毎日楽しく遊んでいます」

光彦さんは、まだ子供の私にもきちんと丁寧な言葉遣いで話してくれる。お客さんだからかもしれないけど、そういうところも素敵だなって思っていた。

「パンの味もずっと美味しいままです！　すごいなって思ってるんです。悲しいことがあったのに、どうしてそんなふうにできるのかなって、あ、ゴメンナサイ。何か言ってること変ですけどゴメンナサイ」

とんでもない、って光彦さんが、小さく笑った。

「嬉しいですよ。味が変わってないって言ってもらえて。ホッとしました。自分でもちょっと大丈夫かなって思っていたところはあったからね」

そう言って、うん、って小さく頷いた。

「久美ちゃんは、お料理はしますか？　お母さんを手伝ったり」

「します」

料理は好きです。

「美味しいものを食べると、幸せな気持ちになるでしょう？」

「なります！」

「悲しい気持ちのままで作っちゃったら、食べる人が幸せにならないでしょうきっと」

だから、って光彦さんは頷いた。

「ずっと妻や子供の笑顔を思い浮かべながら、パンを焼いているんですよ」

☆

「他にも、友達や知り合いの笑顔も思い浮かべるって」

光彦さんはそう言ったの。

「それからね」

「わかった」

真由が言った。

「お母さんの笑顔も思い浮かべながら作りますね、って言ったんでしょお父さん」

そうなの！

「よくわかったね」

「何か言いそうだもん、お父さんそういうこと」

「うん」

三人で笑って、まだ居間にいる光彦さんを見た。

「それでね」

好きになったと思うんだ。

おじさんの光彦さんのことを。

「真平は、そんなお父さんそっくりだもの」

きっと、何かのときには春香さんの笑顔を思い浮かべているわよ。

「春香さん、うちのパン食べているとき本当に美味しそうな、幸せそうな顔をして食べるよね」

「うん。すっごく嬉しい」

真由が言った。真由の焼いたパンだもんね。真奈が作ったお総菜だもんね。

きっと、うちには幸せがまた増える。

うちのパンが大好きな春香さんが、明日から一緒に暮らすんだもん。

井東孝明《いとうたかあき》

〈新婦の父〉　五十六歳　大手食品会社勤務

「明日、お休みでしたよね？」

椅子に座ったまま寄ってきて、配送の遅れで欠品になってしまったものをどう帳尻を合わせるか、という打ち合わせをして、そのまま床を蹴って椅子を転がし自分の机に戻ろうとした脇《わき》坂《さか》が言った。

そうだ、と頷いた。

「何だかこんなときに済まんな」

三ヶ月も前から入れてあった休みだ。会社を個人的な理由で休むのは、いったいどれぐらいぶりなのか覚えていない。

娘の結婚式なのだから冠婚葬祭の慶弔《けいちょう》休暇として有給扱いになるが、このタイミングではそれも申し訳ないような気になってしまう。

「いえいえ大丈夫です。後は任せといてください。娘さんの結婚式ですよね？　おめでとうございます！」

にっこりと笑って言う。

「ありがとう」

脇坂は、一年ほど前に結婚した。まだ新婚といってもいいだろう。三十八歳になってからの結婚だった。奥さんは、一回り下の二十六歳だ。

「君のときには招待してもらったけど、特に会社から誰かを呼ぶわけじゃないので済まんな」

そういうのは、なしにした。つまり互いの親の仕事関係だ。祝辞とかで親の職業柄の云々《うんぬん》を引っ張り出すような場合もあるそうだが、そもそも新郎の親御さんはパン屋さんで取引先との柵《しがらみ》など何もないそうなので、そうすることにした。

いやいやとんでもない、って脇坂が手を顔の前で振った。

「愚痴じゃないですけど、お互いに会社の人を呼ぶのは本当に大変ですよ。そういうのはやらない方がいいです」

苦笑して、そして頷いた。

実は、脇坂の奥さんになった女性は、我が社のライバル会社の社員だった。結婚式は呉越同舟《ごえつどうしゅう》というか冷戦の終結というか、ライバルではあるものの、同じ業界で生きていく人間、いわば同志たちばかり。とにかく和《なご》やかなんだか無礼講なんだかよくわからない雰囲気で、それなりに楽しいものだった。

しかも二次会まで参加した取締役同士で、ある取引の話になって、その後に互いに実りのある事業提携がまとまり、文字通り結びつきが深くなって非常に良かった、と評判になった。

しかし、披露宴には誰を呼んでどの順番で並んでもらうかで、直属の上司である私も相談を受けてかなり新郎新婦と一緒に悩んだのだ。

「確か娘さんは信金にお勤めでしたよね」

「そうだ」

「お相手もその関係ですか」

「いや、パン屋さんだ」

「パン屋さん！」

「本人がじゃなくて実家が、だけどな」

このやりとりをもう何人かとしているが、やる度に楽しくて頬が緩んでしまう。娘がパン屋さんに嫁ぐ、と言うと、皆がほんの少し驚きそれから自然に笑顔になるのだ。美味しいパンが毎日食べられますね！　という話になる。

娘がこういうことになるまで気づかなかったが、世の中の大体の人は、パンが好きだ。パンの話になるといろいろなパンにまつわる思い出話や、あるいは大好きなパンについて語り出す。

どういうわけか、ほとんどの人が自分の人生の中にひとつや二つはパンに関するエピソードがあったりするのだ。今までにこの話をした人には必ずあった。

給食の揚げパンの話や、若い頃に金がなくて食パンにマヨネーズを塗ったものばかり食べていたという話や、貧乏だったけど母親がパンの耳を揚げて作ってくれたお菓子が美味しくて嬉しかったとか、就職して初めて自分の給料で買いに行った有名果物店のフルーツサンドの美味しさが忘れられないとか、あれこれいろいろだ。

実は、私にもある。

井東孝明　〈新婦の父〉　五十六歳　大手食品会社勤務

若い頃の話だ。大学に入り一人暮らしを始めたときに近所にコンビニのような店があった。ちょうど世の中にコンビニが定着し出した時期だった。全国チェーンではなく個人商店みたいな店だったが、すぐ近所だったのでよく利用した。

そこに、あんドーナツが売っていた。三個入りでいくらだったか忘れたが、安かった。普通のビニール袋に入っていていかにも手作りといった感じの素朴なパンだった。

甘党ではなかったのだがたまたま買って食べて、その美味しさに驚いた。生地がふわりとして香ばしい揚げ方といいまぶされた砂糖とあんのちょうどいいバランスといい、今まで食べた甘いパンのどれよりも美味しかった。

その日から、三日に一回、つまり三個入りを一日一個食べてなくなったら買いに行っていた。いつも少ししか入荷していないようだったので買えない日もあったのだが、それが余計に購買意欲をそそった。

本当に美味しかったのだ。

たぶん、一ヶ月に二十個から三十個ぐらいは食べていたのではないか。

それだけ食べているとアパートに遊びに来た友人に食べているのを目撃されることもあって、そんなにお金がないのかと同情されてご飯を奢《おご》ってもらったりしたこともある。

大学を卒業する前にその店は別の経営者になってしまったらしく、そのあんドーナツも姿を消した。別のあんドーナツを買って食べてはみたものの、まるであの味にはほど遠かった。

今もときどき、どこかの店であんドーナツを見かけると、思い出すのだ。美味しかったなぁ、もう一度食べたかったなぁ、と。

「明日から娘さんはもう向こうのお家に？」

脇坂が訊く。

「そうなるな」

「淋しくなりますね」

「いや」

そう考えたこともあったのだが。

「しょっちゅう顔を出しにくると思うな」

たぶんだが。

☆

娘と過ごす最後の夜。

などというわけはない。嫁ぎ先は電車で一本だ。電車に乗っている時間は十分もない。毎日パンを届けに来るという冗談もあながち冗談ではないし、そもそも夫になる真平くんがパン屋ではなく自由業なのだから、お店の営業時間に関係なく、二人で顔を出すことだって簡単だ。

だから、感傷に浸《ひた》ることなどない。家でもそうしているはずだ。

実際そうだった。会社から戻ったら、いつものようにいつもの時間が過ぎていた。台所で、奈々子とお義母さんと春香がかしましく話しながら晩ご飯を作っていた。あと三十分ぐらいで全部出来上がるというのもいつもの風景だった。

カレーの匂いがしていた。カレーライスにしたのか。いつもの、晩ご飯にしたんだな、というのがすぐにわかった。

何か特別なものにしなくてもいい、と、奈々子も思ったんだろう。

実際、カレーは楽でいい、と奈々子はいつも言っている。彼女はいろんな種類のおかずを食べたい人なので、たとえば白いご飯とお味噌汁《みそしる》の日は、必ずおかずが最低でも三品は必要と考える。綿貫家がそうだったのだろう。そもそもが飲食業だったので、それもむべなるかな、だ。

なので、カレーライスにした夜は本当に楽なのだろう。むしろ、忙しかったり疲れた日などはカレーになると考えた方がいい。

秋郎も家にいた。

大学生だから、友達と出掛けていたりしていない日ももちろんあったが、今日はいた。たまたま犬の散歩から帰ってきたばかりで、玄関先でお帰り、といつもの調子で私に言った。私も、ただいま、と答える。

本当に、いつも通りだった。

ただ、今日で春香はこの家からいなくなる。

明日は結婚式、という事実があるだけの夜。

部屋で着替えていると、もう明日の支度はできあがっていた。モーニングは式場で借りるから、こちらからは一応礼服で行くだけの話だ。

冠婚葬祭用のスーツ。

友人、知人、親戚、同僚や取引先。今まで、何度このスーツを着て結婚式に出たか。近頃は葬式の方が多くなっていた。

身内の、家族の結婚式というのは、人生の内で何回あることなのか。

兄弟姉妹がいればそれだけあるのだろう。結婚して子供ができて皆が結婚したなら、子供の人数分あるかもしれない。

私は、一人息子だった。だから、家族の結婚式というのを今まで経験したことがない。

春香が、初めてだ。

家族が、結婚するのは。

それ自体は、嬉しい。嬉しく思っている。義理の息子になる真平くんは、とてもいい青年だ。見目もそうだが、心根もいい。そういう男性と一緒になる自分の娘を誇《ほこ》らしく思う。

よくやったな、と。そして、そういう男性に結婚を決意させた女性に育て上げた自分や妻に、なかなか上手く行ったんじゃないかと肩を叩《たた》きたくなった。

親としては、頑張ったんじゃないかと。

だから、悲しいはずがないし淋しさも感じない。

もしも淋しさを感じるとしたらきっともう少し先の話だろうが、春香がしょっちゅう顔を出すならそれすらも感じないのではないか。

結婚式で、新婦の父親が泣くというのはよくあることだろうが、それも今のところはどうなるか自分ではまったくわからない。

泣くのだろうか。

最愛の娘が、嫁いでいくことに。

わからない。

少なくとも今は、まったくそういう感情は湧いてはいない。ただ、楽しみなだけだ。明日はどんな式になるのだろうか、と。

自分にどういう感情が湧いてくるのだろうかと。

「ご飯ですよー」

ほら、いつも通りに台所から声が響いてくる。

本当に、普段と変わらない。

結婚前夜だとしても。

「そのパンは、細井さんところのパンか」

春香が半分に切ったトーストを焼いていたので、たぶんそうだろうと思いながら訊いた。ポテトサラダがあるからそれを載せて食べるんだろう。その分カレーのご飯を少なめにして。いつものことだ。

「そう。お父さんのも焼く？」

「いや、ご飯だけで十分だ」

「あ、俺欲しい」

秋郎が手を上げ言う。

「半分？　一枚？」

「一枚」

あー、と、パンの包みを見ながら春香が言う。

「朝の分はあるけど、明後日のがないかな。明日持って来てもらえるか訊いてみるね」

さらりと言ったが。

「明日って」

結婚式だろう。

「向こうだってお休みだからパンは焼かないだろう」

「今日の残りのパンよ。いつもは間違いなくあるから真平さんにＬＩＮＥして確認する」

真平くんにＬＩＮＥして、残りがあったとしても。

「式場に食パンを持ってきてもらうのか？」

「ちゃんとお金は払うから」

いやそういう問題ではない、と思ったが、本人がさっさとスマホを取り出してＬＩＮＥしてあっさり話題が終わってしまった。

いいのか。まぁいいのか。式場に持ってきてもらったら、それを私か奈々子か秋郎が、もしくはお義母さんが持って帰ればいいだけの話か。

式が終わったら、春香はそのまま向こうの家に行くのだから。

向こうで、細井春香となって、真平くんとの新しい生活を始めるのだ。

「ちゃんと毎日買うことにしたのよ。お店で」

奈々子が言う。お店とは、真平くんの実家のことだ。

「食パンをか？」

「そう。今までも買っていたけど、途切れ途切れだったでしょ？　結婚したからには毎日ちゃんと買おうと思って」

「まぁ、それは」

いいことだ。

いや、娘の嫁ぎ先の商売なのだから、そこの売り上げに貢献するのは当然のことだ。何だったら私のお弁当を毎日パンにしてもいいぐらいだろう。私もパンは大好きだ。

「たくさん買って、冷凍しとけばいいんじゃね？　食パンは大丈夫なんでしょ？」

秋郎が言う。

「それはもちろん」

春香が秋郎に頷く。

「はい、焼けましたよ。うちは明日から私が減って四人になるんだから、八枚入りのがあれば二日持つでしょ。それなら冷凍しなくても大丈夫。一日置きに買えばいいのよ」

「一日置きに持ってくるのか？　春香が」

「私が通勤の途中に寄ったり、お母さんやお祖母ちゃんが買いに来たり。その辺は適当に」

そうそう、と奈々子も頷く。

「食パンは予約で取り置きしておいてくれるから、私が家事の空いた時間に一駅ぐらい歩いて取りにいけば運動にもなるしね。そうすることにしたの」

「ウォーキングよ。歩くことがいちばん良いのよこの年になると」

お義母さんが言う。今までもお義母さんと奈々子は二人で町内を一周するぐらいは歩いているそうだが。

「まぁ、それは良いことだな」

井東孝明　〈新婦の父〉　五十六歳　大手食品会社勤務

「お父さんも通勤のときに、一駅ぐらい歩くことにしたら？　劇的にお腹引っ込むよ？」

「そうか？」

「姿勢良く歩くことが、いちばん効果があるんだって」

考えてはいた。運動不足は、いろいろ身体に来る。この歳になると実感する。かといって、ジムに通うなんてことはまるで考えられない。

「あれだよ、土曜とか日曜のお休みの日は、父さんが細井さんのところへ、一駅分や二駅分歩いてパンを買いに行けばいいんじゃないの？　いきなり毎日通勤で歩くのって意外と続かないよ？」

トーストをカレーに浸《つ》けながら秋郎が言う。

「それは、そうだな」

「きっと向こうも喜ぶと思う。お父さんがパンを買いに顔を出してくれたら」

春香も嬉しそうに微笑んだ。

「やってみるか」

休みの日に、娘の嫁ぎ先まで歩いてパンを買いに行く。

それは、本当にいいんじゃないか。毎日ではないんだから気持ちの負担にもならないし、健康にもいいし、向こうの商売にも貢献できる。いいことずくめじゃないか。

笑みが浮かんでしまう。やはり、パン屋に嫁ぐことにしたのは本当に良かったかもしれない。

「言っておくね。真平さんに」

「あぁ。いや、だからっておまけなんかしなくて良いんだからな。そこのところはちゃんと言っておいてくれよ」

「大丈夫。わかってる。でもね、きっと売れ残りとかあるから持って帰らされるよ」

私も行ったらそうだったでしょ？　と笑う。

そうだった。春香は店に行く度に何かしら売れ残ったものとか試作品とかを持ち帰っていた。とにかく真平くんと付き合い出してから、我が家にはたくさんのパンがある毎日だった。

そのせいで少しこちらの腹が出たのではないかという気もするが。

「楽しみが増えて良かった」

奈々子が言う。

そうだな。本当にそうだ。

良い結婚だな。

☆

夜中に、トイレに起きてしまう。

井東孝明　〈新婦の父〉　五十六歳　大手食品会社勤務

五十を過ぎてそんなことが増えてきた。歳を取るというのはこういうことかといつも思うのだが、自分でも驚くぐらいに規則正しく同じ時間に眼が覚めるし特に寝不足も感じないので、これは別に悪いことではないのではないかとも思っている。

大体、寝入って二時間ぐらい経ってからだ。午前一時ぐらい。

起きて、トイレに行く。喉が渇いているので、台所まで行ってコップを取り水を一口飲む。本当に、一口だ。飲み過ぎたらまたトイレに行きたくなるのだから。

そしてすぐに寝室に向かうのだが、ふいに、あの光景が頭に浮かんできた。

何が、記憶を刺激したのかわからない。

春香がまだ小さい頃のことだ。一歳にもなっていないときのこと。とにかく、まだ赤ん坊といってもいい時期。

子供用の椅子に座っていた。そして、私はコーヒーを淹れて飲もうとした。何か、別のことをしようと思ってテーブルに置いたマグカップに春香が手を伸ばし、コーヒーをこぼしたのだ。

血の気が一瞬引いたのをよく覚えている。慌てた。本当に慌てた。幸いたいした火傷はしなかったが、手や身体にかかったコーヒーの熱さに、しばらく泣きじゃくっていた。

それからずっと、コーヒーの匂いがすると春香は泣くようになったのだ。それでしばらく春香が起きている間はコーヒーを飲まないようにしていると、そのうちに家ではコーヒーを飲むことはなくなった。

その代わりに、外でコーヒーを飲むことは多くなったのだが。

今も、家でコーヒーを飲むことはほとんどない。それは春香が嫌がるからではない。大人になった今はそんなことはない。ないが、そういう習慣になってしまったので、飲まない。

そもそも春香も秋郎も、コーヒーを飲む習慣はないようだ。前に聞いたら二人とも外で何か温かいものを飲むときは紅茶だそうだ。

(コーヒーか)

飲みたくなった。あの香りが薫《かお》ってきたような気もした。こんな夜中に淹れたら、その香りで誰かが起きてくるだろうか、とも考えたが、大丈夫だろう。

一杯だけだから、パックのものがある。出張の折りにホテルで飲みたくなったときのために、少しだけ常備してある。お客様用にも使える便利なものだ。

お湯の落とし方は、若い頃には喫茶店でアルバイトしたことがあるので、身体に染みついている。もっとも口の細いヤカンはないしパック式なので、かなり大ざっぱな落とし方になってしまうが。

(うん)

良い香りだ。普段から嗅《か》いでいる香りではあるけれど、家の中に、台所にコーヒーの香りが漂うというのは、新鮮な感覚だ。

音がした。

誰が起きてきたのかと思ったら、秋郎だった。

「コーヒー?」

「あぁ」

何でまた、と訊いてくる。

「ひょっとして、父さんあれ?」

「あれ、とは何だ」

「ドラマとかにある、娘と過ごす最後の夜の父親っていうシーンなのかなって」

笑った。

そうなのかもしれない。

これが、そうなのか。

どうしてコーヒーなのかと訊いてくるので、話した。我が家でコーヒーを飲まなくなった理由を。

「そんなことがあったんだ」

「あったな」

いろいろあったさ。

春香は二十六年間、秋郎は二十一年間。ずっと一緒に過ごしてきたのだ。一年は三百六十五日。二十年以上、三百六十五回の朝と夜を、一緒に過ごしてきたんだ。いろいろあって、当然だ。

きっとその二十数年間のうちの、五年間や十年間ぐらいお前たちの記憶にはたぶんほとんどない小さい頃の日々の出来事を、父さんや母さんは覚えている。

寝ぼけて起きて押し入れに入り込んだ。

買い物に出掛けた母さんを探して泣いた。

猫アレルギーなのに猫を飼いたいとぐずった。

運動会のかけっこで一位になって嬉しそうに両手を振っていた。

嫌いなピーマンを飲み込めずにずっと頰を膨《ふく》らませていた。

お前たちのあどけない笑顔や、泣き顔や、怒った顔。そして、寝顔も。

ずっと忘れずに覚えている。

「あれはしたの？　姉さん」

悪戯《いたずら》っぽく笑って秋郎が言う。そんな顔は、子供のときのままだ。

「あれ？」

「正座して、お父さんお母さんお世話になりました、って」

笑った。

「してないよ。古いこと知ってるなお前。そりゃ父さんたちの世代から見ても二昔ぐらい前のものだろう」

「今はしないか」

「しないだろう。お前に何か言ってきたか？ 部屋に行って」

あー、と、秋郎が少し躊躇《ためら》うような表情を見せた。

「寝る前に、来たけどね」

寝る前に？

「お前と話をしにか？」

「まぁ、そうなんだろうね。部屋に来たんだから」

「何だ。姉弟《きょうだい》でお別れの会話でもしに来たのか」

そんなことを考えたのだろうか。春香は。

「父さんや母さんに言うようなことじゃないけどさ」

「そんな言い難いことを言ってきたのか」

笑った。

「言い難くはないんだけど。将来はどうするんだ、なんて話を」

将来？

「秋郎のか？」

「そう」

「どうしてそんな話を今夜しに来たんだ」

明日は結婚式という夜に。秋郎が首をすくめる。

「わかんないけど、やっぱり自分が明日からいなくなるからじゃないかな」

「そうなんだろうが、将来の話などいつでもできただろうにな」

姉が弟の将来の心配をして話をするというのは、まぁそれはとてもありがたいし、いいことだろうが。

春香は、ずっとそうだった。秋郎が生まれたときから、ずっと大事で大切な弟と思って大きくなった。二人目の子供が流産してしまったのを、自分のせいだと思い込んでしまった節があり、秋郎が無事に生まれたときには嬉しくて号泣していた。

優しい子なのだ。自分の周りの人が笑顔でいることに何よりの喜びを感じてしまう子なんだ。私と奈々子が少し言い合いをしたときなどは、一生懸命私たちを仲直りさせようと気を配っていた。

弟の秋郎が元気でいることを何よりも、自分の都合よりも優先させていた。一緒に出かけるときには手を繋ぎ、おぼつかない足取りで駆け出すと危ないと言って抱きしめていた。

ご飯を食べないと自分の好物も秋郎にあげていた。親よりもずっと秋郎の身体を心配していたんじゃないかと思えるほどだった。

「将来っていうかさ」

「うん」

「大学を卒業したら就職して、どこかで一人暮らしを始めるような将来を考えているんでしょ？　って」

「それは決まってみないとわからんだろうが、まぁそうだろうな」

　商社を狙っている。どういうところに就職できるかによってもまったく変わってくるが、基本的には家を出ることになるだろう。独身寮などに住むパターンだってある。いきなりそれはないだろうが、目標を変更して、真平くんのようなフリーの仕事になったのなら、ずっとここにいるかもしれないが。

「そうだな」

「わからないけど、就職したのなら、一人暮らしをする可能性は高いかもしれないねってさ」

「だったら、今のうちに毎晩お母さんに作ってもらうご飯を、俺の好きなもので埋め尽くせって」

「何だそれは」

　晩ご飯の話？

「つまり、姉さんがいなくなったらゼッタイに父さんも母さんも淋しがるから、その淋しさを忘れさせるぐらいに、俺が親にワガママ言って手間暇《てまひま》掛けさすように頼んだぜって話かな」

「あぁ」

なるほど。

笑ってしまった。そういう話か。

「そんな話をしにいったのか。わざわざ」

秋郎が、苦笑した。

「そうみたいだね。俺がいつまでも手のかからない良い子だからって。もっとワガママ言って親のスネをどんどん齧《かじ》れって。自分の分まで」

自分の分まで、か。そんな心配をしたのか。

「俺ってそんなに手のかからない子供だった？」

そうだな。

「小さい頃は、春香に手がかかった分、お前はそうだったかもしれないな」

春香は、弟を第一に考える優しい子だったが、その分自分のことにはワガママだった。それは子供ならあたりまえという程度のものだが、幼い頃から自分の好みや意見がはっきりしていて、それが少し変わっていた。おもちゃひとつとっても、他の子が皆が好むものより、実にマイナーなものを好きでクリスマスプレゼントを探すのに苦労した覚えがある。まだネットで買い物をするような時代じゃなくて、おもちゃ屋さんを何軒も回ったものだ。

その反面、秋郎はとにかく大人しい男の子だった。喋り出すのも遅かったので少し心配したが、自分の意思ははっきり伝える子だった。

「はい、いいえを、黙って頷くか頭を横に振るかだったな。とにかく喋らない子だったよ」

「あー、そうかな」

「その分、春香が喋っていたけどな」

喋らないし、大人しいし、ワガママを言わない。ここで待っていてね、と言うと素直に頷きそのまま一時間でもじっとひたすら泣きもしないで待っていられるような男の子だった。小さい頃は、の話だが。

何となく覚えてる、と秋郎は言う。

「姉さんのことを、正しいって思っていたんだよね」

「正しい？」

「姉さんの言うことは、何でも正しくてそれに従っていたら間違いないんだって信じていた。だから、姉さんが食べなさいって言ったら素直に食べたし、これで遊べって言われたらそれで遊んでいた」

そうだった。

仲の良い、姉弟だ。仲が良いというか、春香が秋郎を大事にして、秋郎はそれに素直に応えていた。

秋郎にしてみれば、姉の言うことを聞くのがあたりまえだと小さい頃は思っていたんだろう。そういえば、家で何かをするときにもいろいろ言うのは春香であって、秋郎はただそれを受け入れている感じだった。

「晩ご飯もそうか」

「そう、かな？　いやそれは姉さんに従っていたわけじゃないんだけど、ハンバーグがいい、って姉さんが言ったら俺もそれで良かったからさ」

それは間違いなく、春香は秋郎のために言っていたんだ。秋郎が食べたいであろうものを、いつも考えて先回りしてリクエストしていたんだろう。

春香は、そういう子だ。

「ま、そんな話をしていったよ」

「そうか」

「好き勝手にやるからご心配なくって言っておいた。姉さんこそ、離婚されて向こうから追い出されないように気をつけろって」

「そうだな」

「大好きなパン屋を追い出されたらダメージでか過ぎるからね」

「この世の終わりと思うだろうな」

そうだそうだ、と二人で笑った。

思わず上を見上げてしまった。二階の部屋で寝ているだろう、春香。

「きっと、熟睡しているよね」

「だろうな」

「あの人のそういうところはうらやましいよ」

細やかな心遣いをいつもする半面、自分のことに関してはかなり図太い子だ。受験にしても就活にしても、悩んだり緊張したりすることはまったくなかった。

明日は、結婚式。

あの子が、この家から巣立つ日。

細井真由《ほそいまゆ》

〈新郎の妹〉　二十一歳　〈ベーカリー　HOSSO《ホッソ》〉従業員

午後十時三十分。

きっと世の中のほとんどの大人たちは、夜はこれからっていう感じなんだろう。テレビドラマだって十時からのものがどんどん佳境に入っていく頃。

私は、いつもならもう寝てる時間。

寝つきも寝起きものすごくいいから、ベッドに入ったら次の瞬間にはもう眠っちゃっている。小さい頃は一緒の部屋で「おやすみなさい」って言い合って布団《ふとん》に入っていた真奈がびっくりするぐらいに、あっという間。本当に、なさい、って言ったらもう寝ているんだって。

自分でもわかるんだ。さぁ寝るよ、ってなって布団に入ったら頭の中で誰かが寝ますよーってカーテンを閉めていくような感じ。それで、カーテンが閉まった瞬間にもう私は眠っている。

夢も、今はほとんど見ない。たぶん見ていない。

子供の頃には、ちょっと怖い夢とか空かどこかを飛んでいる夢とか、どこかから落ちて行くような夢を見たことはあるような気がするけど、今はたぶん見ていない。見てても覚えていないのかも。それぐらい、良い眠りなんだと思う。

起きるのも、目覚まし時計が鳴るちょっと前に起きていた。私が起きて、目覚ましが鳴った瞬間にパン！　って止めて、隣に寝ていた真奈を起こすんだ。「朝だよー」って。

真奈は、まぁ普通かな。極端に寝起きが悪いわけじゃないし、起こしたら後は普通にすぐに動ける感じ。運動神経も良いからあの子ぴょん！　って文字通り布団から跳び上がって起きられるんだよね。私がやったら背筋かどこかを痛めちゃうんじゃないかってぐらいに。

今は、真奈とも違う部屋で、目覚まし時計じゃなくてｉＰｈｏｎｅのアラームが鳴り出す前に一人で起きる。

私と同じで身体が強いんだ、って死んだお祖母ちゃんが言ってた。

それは病気しないとかそういうんじゃなくて、お天道《てんと》さまと一緒に起きて一緒に寝るっていうのが濃い身体なんだって。そういう女は働き者で、一生土と一緒に生きて死ぬのが似合うから、農業をやるのがいちばんいいんだけど、パン屋も麦、つまりは土から生まれるものから作る商売だから、私の身体に向いているんだって。

なんかすごい理屈だけど、なんとなく、わかるような気もする。

自分は、パン屋の家に生まれるべくして、パンを作るために生まれてきたんじゃないかって思うぐらい、この仕事に向いている。

天職。

家業を継いだんだから、そんなに大げさなものじゃないとは思うんだけど。

毎日毎日パンを焼いていても、一ミリもツライとかイヤだとかたまには休みたいなんて思ったことがない。いつも寝る前に明日も美味しいパンを焼くぞって思える。起きたらさぁ今日もパンを焼けるぞって思う。

パンの焼ける匂いを嗅ぐと、きっとほとんどの人が美味しそう！　って思うだろうけど、私は幸せ一杯な気持ちになる。

あぁ、今日も美味しいパンを焼けた！　って。

パン屋の朝は早い。

いちばんに早起きするのが、パンを焼く私。私がパンを焼かないと、商売ができない。もちろんお父さんもそれからお祖父ちゃんもパンを焼くけれども、今、ほとんどのパンの仕込みの配合も割合も全体の焼き加減の調子も、最終的に決めているのは私。

毎日毎日、美味しいパンを焼くのが、私の仕事。

もちろん焼き立てがいちばん美味しいのは間違いないから焼き立てを食べてほしいんだけど、そうはいかない。だから冷めてしまっても美味しく食べられるように、焼き直しても温め直しても美味しいように調整して作っていく。中にはどうしてもこれは冷めたままでは美味しさが半減しちゃうのでどこかで温め直して食べてほしい、っていうものはある。そういうパンはきちんとＰＯＰに書いておく。

毎日毎日、研究と実践の日々。

どんな料理でもそうなんだろうけど、特に酵母《こうぼ》という生き物を相手にしている以上本当にそれは欠かせない。

毎日、同じレシピで同じ手順でやっているはずなのに、味が変わってしまうことがある。気温とか湿度とか、もちろん自分の身体の調子っていうものもあると思う。

パン焼き職人として同じ味のパンを毎日お客様に届けなきゃならないのに、その味が変わってしまうっていうのは、実は失敗でしかない。

でも、その違いはほんの微《かす》かなものなので、たぶんほとんど全部のお客様が気づかないと思うし、もしも気づくお客様がいたらその人は間違いなく自分で味を作り上げる食品関係のプロになれるか、なっている人。

初めの頃は、焼いた本人である私がその微かな味の違いに気づいちゃったら、そして失敗って思ってしまったら全部捨てて最初からやり直したくなったけど、お父さんに言われて気づいた。

美味しさの範囲を拡げること。

味が違ってしまうんじゃなくて、同じパンの美味しさの範囲を拡げること。それを理解してからは、捨ててしまって赤字になることもなくなっていった。

お兄ちゃんに仕事の話を聞いても、わかった。

デザインやイラストには実は完成はないんだって。自分の手で時間を掛ければ掛けるほど、その作品は良くなっていく。でも、いつまでもそれじゃあ〈仕事〉にはならない。締切りがあるんだから、その時点で完成品というラベルを貼らなきゃならない。

パンだってそうだろうって。自分の手で工夫して努力して、そしてここだってところで焼き上げなきゃならない。その時点でそれが商品になるんだって。

確かにそうだなって、気づかされた。

本当に、日々研究と実践。それが楽しくて嬉しくてしょうがない。


（久しぶりだなー）

こうやって夜に一人で出かけるなんて、本当に久しぶり。

もちろん定休日があるんだから、休みの前の晩なんかは夜更かしすることもあるけれど、このところずっとしばらく、休みの前には皆で家の片づけものばっかりやっていたから。

お兄ちゃんのお嫁さんを迎える準備。

ただ一人増えるだけなんだけど、そこは我が家は地味に、そう言うと大げさに聞こえるけれど、ちょっとした大家族。

三世帯六人が家に住んでいるんだ。

そこに一人、しかも女性、お嫁さんが増えるとなると、たとえば洗面所のどこに彼女の分のスペースを作ろうかとか、歯磨きのコップはこの際全員別にした方がいいよねとか、洗濯ネットも新しくしようかとか、そういえば洗顔のとき使っている洗面器ってもう古いよねこれ替えた方がいいんじゃない？　とか、お風呂場のマットもいい加減新しくしようよとか、とかとか。などなど。

女三人は母と娘だから気兼ねなくというか、普段は放っておいたりまぁいいかって思っていたことをきちんとした方がゼッタイいいよね！　ってなって。

いつも普通に食卓で使っていたマグカップやグラスも、新しくした。

普段使いのコップとかって、わりと女三人は同じものを揃えて使っていたりしたんだ。お祖父ちゃんやお父さんやお兄ちゃんは全然気にしないので、適当に自分の好きなものを使っていたんだけど。そういうのも、女性は女性同士で同じデザインのものを四つにした方がいいんじゃないかって思って、新しくした。

だって、お嫁さんが自分だけ違うものを使っていたら、何となくイヤだよね。あれ？　って思っちゃうよね。

お箸《はし》もそう。お兄ちゃんのを新しくして夫婦箸《めおとばし》みたいなものを買ってしまった。お茶碗《ちゃわん》もお椀もそう。全部二人のは新しくした。もちろんこれはお兄ちゃんに言ってお嫁さんに確認してもらってからね。

日本茶を飲むときの湯飲みや、インスタントスープなんかを飲んだりするスープカップは元から皆バラバラだったからそのままでよかったけど。

台所で使っていた布巾《ふきん》やタオルとかも、全部この機会に新しいものに替えた。うん、これでいいよね、ってお母さんと真奈と三人で納得したのは、ついこの間。

そういうことばかりやっていた。

そんなに気を遣わなくていいよってお兄ちゃんは言っていたけど、そういうものじゃないんだよね。いつかは本当の家族みたいに気兼ねなく気楽に過ごせるようになるとは思うけれど、お嫁さんなんだから。

大好きな家族と一緒に人生を歩んでくれる人がやってくるんだから。お互いに気持ち良く新しい暮らしをスタートしたい。

洗濯機も掃除機も新しくしちゃった。冷蔵庫は二年前に新しく買ったばかりだったからそのまま。

テレビはお兄ちゃんとお嫁さんの部屋にも新しく買った。配線もバッチリ。一緒に観られるときには居間とか台所で一緒に観るだろうけど、やっぱりそれぞれ好みだってあるしね。

準備は、バッチリ。

明日は、結婚式。

終わったら、そのまま春香さんは家にやってくる。

家から歩いて三分のところにあるカフェ＆バー〈ブルームーン〉。

ビルの半地下に店があって、階段を下りてくるお客さんの姿がカウンターの中から見える。

冗談じゃなくて、店名は店主の名字の〈青月《あおつき》〉さんから取ったもの。

まるでマンガかアニメの登場人物みたいな名字だけど、この名字の人は親戚も含めてけっこういるらしい。

ドアを開けると、取り付けてある小さなカウベルが、カラン、って鳴る。この乾いた音が本当に好き。何でも本物のカウベルなんだって。

カウンターの中で、青月くんが笑顔で、声に出さずに、よっ、って感じで口を開けた。私も、こくん、って頷く。

カウンターに五席あるスツールには誰も座っていない。いちばん端《はし》っこのスツールに座る。

「コーヒー？」

「うん」

「ブレンド？　たまにはストレートにする？」

「あ、じゃあマンデリン」

「オッケー」

店内の四つのテーブルは満席だった。一応バーなんだけど、ここはお酒を飲みまくって騒ぐような人はほとんど来ない。レンガで作った壁といつも流れているジャズのせいか、店名のイメージ通りに静かな落ちついたお店。

「久しぶりだね」

「そうだね」

嬉しくて、ニコニコしてしまう。ＬＩＮＥや電話で話したりはしているけど、こうやってちゃんと顔を合わせるのはたぶん三週間ぶり。

あ、青月くんがうちの店にパンを買いに来るのは別にして。三日に一度は買いに来てくれているんだけど、私は厨房にいるから顔を見られないことも多い。

付き合っているんだけど、恋人なんだけど、実は二人きりでちゃんと会えることが少ない。一週間に一回あるかないか。お互いにお店をやっていると、定休日はまるで別だし、私は朝早くて夜も早い。青月くんは朝も遅いし夜も遅い。

毎日すれ違いの恋人同士。一緒にいるためには同じ家に暮らすしかない。つまりは同棲《どうせい》か結婚するしかないんだけど、まだそこまでは二人とも考えていない。今は、私が夕方に手が空くことが多いから、そのときに待ち合わせて会ったり少しの間だけデートしたりしている。

「結婚式を明日に控えたお兄さんは、どうしてるの」

青月くんが、少し笑みを見せながら訊いてきた。

「うーん、いつも通りだったかな。いつも通りの物静かな兄」

「そんなものなのかな」

わからないけど、そんなものじゃないのかな。

「内心はどうかわからないけど、こっちは迎える側だから」

普通はそんなにバタバタはしないんじゃないかと思う。

「でも、部屋の片づけとかは、けっこう大変だったけどね」

「真由んちは古くて広いからな」

「そうなの」

「階段狭いから、大変だよな。二人の部屋には、いろいろ新しい家具とか買ったの？」

「そんなにたくさんではないけどね」

お兄ちゃんもそうだけど、春香さんもしっかりとした堅実そうな人だから無駄遣いはしない感じ。

「二人のためにって新しく買ったのは、ブラインドと照明器具と布団ぐらいかな。あとは全部うちにあるものとか、春香さんが持ってきたものぐらい」

全然新婚さんらしくない部屋だ。雰囲気はガラッと変わっちゃったけど、新しいものはほとんどない。

「でも楽しかったよ。あれこれ準備するのは。何だか、家族全員で新しい家に引っ越すみたいな感じで」

「あぁ、そんな感じか」

そんな感じ。

「志賀と品川はどうだったのかなぁ」

「どうなんだろうね」

志賀くんと愛子ちゃん。

高校の同級生同士で結婚。しかも、卒業してからまだ三年しか経っていない。

三年って、長いようで短いだろうし、短いようで長い。まだ二十一歳の私たちは、大人と呼ばれる年齢にはなっているけれど、大学に行っていたら三年生だ。卒業もしていない。

「あいつら、本当に仲良かったもんな」

「うん」

高校一年のときから付き合っていたらしい。私は三年生のときに愛子ちゃんと同じクラスになってから知ったんだけど、そのときにはもう、何て言うか。

「仲が良いなんていうレベルじゃなかったよね」

「そうか、な？　愛し合っていた？」

「そりゃ愛し合っていたんでしょうけど」

いろんな意味で。

でも、違う。いや、わかんない。それをどう表現すればいいのか。

「たとえば長年連れ添って今も愛し合っている夫婦の間に流れている空気みたいなものが」

「近いかもな。あれなんだよね、カウンターから見ているとさ、恋人同士とかの雰囲気っていろんなものがあるんだなってだんだんわかってくるんだよね」

「あー、うん」

そうなんだろうと思う。

細井真由　〈新郎の妹〉　二十一歳　〈ベーカリー　HOSSO〉従業員

高校卒業してからすぐにここを任された青月くん。そもそもここは青月くんの伯父《おじ》さんがやっていたお店で、高校時代からずっとアルバイトをしていた。客商売をしている人の中でも、きっとそういうものをきちんと理解できる人が、繁盛店を作っていくんじゃないかと思う。

私の家もパン屋という客商売ではあるけれど、お客さんと長く接する飲食業とは違うから、そこまできちんと観察はしないしできない。

「あの二人は続かないんじゃないかとか、あの人たちはどうして夫婦でいるんだろう、なんて勝手に想像しちゃうんだけど、志賀と品川って、なんかもうお互いに隣にいなきゃ世界が壊れるぐらいの雰囲気があってさ」

「うん、わかる」

「きっとあの二人は運命的な出会いで恋人になったんだなって思ったよ」

運命的か。

じゃあ、私たちはどうなんだろうって。

一応は、付き合っているんだけど。恋人同士なんだけど、周りの人にはどんなふうに見られているんだろう。

青月くんがサイフォンで淹れるコーヒー。あ、落とすって言うのか。いつも訂正されるから。

コーヒーは、落としてこそ美味しくなるもんなんだって。そして豆によってサイフォンかドリップかを選んでいる。何でも酸味の少ないコーヒーはサイフォンで落とした方が確実に美味しいんだって。

その違いは、わかるんだ。

私もそうだけど、青月くんも味覚と嗅覚《きゅうかく》の鋭い人間なんだと思う。高校時代、お弁当を持ってきて一緒に食べていてもそうだった。

そもそも、そのお互いに持ってきていたお弁当のおかずの中身が全てまったく同じだったことがあって、交換して味を比べてみようって一緒に食べたときから始まった付き合いみたいなものだから。

二人の、それぞれのおかずの味の感想がまったく同じだったんだ。

同じ味を感じている人なんだなって。そこから、私たちは付き合い出した。

「お兄さんと、お嫁さんはどうなの?」

「春香さん。言ってなかったっけ。春の香りで春香」

うん、って頷いて、コーヒーを私の眼の前に置いた。

「前に聞いた。いい名前だよね。お待たせしました」

いい香り。

春の香りは、本当にいい名前だなぁって思う。

細井真由　〈新郎の妹〉　二十一歳　〈ベーカリー　HOSSO〉従業員

「春香さんとお兄ちゃんはね」

　そうだなぁ。

「二人が一緒にいるのを初めて見たのは、お店だったんだ」

　話は、聞いていたんだ。真奈から。

　お兄ちゃんとお客さんがすっごくいい感じだって。たぶんデートもしてるって。このままうまく行くんじゃないかなって。

　真奈も、たぶん客商売向きの子だと思う。とても観察眼があると思う。ちょっとしたことによく気づく。

「あの二人はゼッタイにうまく行くって言ってたの。まだ二人が知り合って間もない頃から」

「真奈ちゃんってさ、昔っからそういうのに聡《さと》いよね」

　そう、聡いの。

　その言葉は思いつかなかった。

「それで、どれどれ、って気になって見ていたんだけど」

　初めて見たときから、二人の間には同じ空気が流れていた。馴染んでいた。

「大げさかもしれないんだけどね」

「うん」

「青月くんの身体からは、コーヒーの香りが漂っていると思うんだ。身に纏《まと》っているという感じかな」

「身に纏うか」

「そう、私はね」

「パンの香りだね?」

「そう」

パンの美味しい香りを身に纏っている。香りが漂っている。パンの空気が漂っている。

「お兄ちゃんも、そう。パンを作っているわけじゃないけど、ずっとパン屋の息子なんだから」

「自然とその匂いを漂わせているんだね? たぶん本当に匂いがするわけじゃなくて、比喩《ひゆ》として」

「うん」

私の場合は本当に漂っていると思うけど。青月くんも言ってる。髪の毛からパンの香りがするって。

「そして春香さんはね、本当にパンが大好きなの。食べるのがね。この世でいちばん好きな食べ物がパンで、毎日三食パンでもいいって人」

「すごいな。僕は一日一回は白いご飯を食べたい」

「私も、パンはもちろん大好きだけど、主食としてはお米も食べたいしパスタも食べたい」

細井真由　〈新郎の妹〉　二十一歳　〈ベーカリー　HOSSO〉従業員

　だからうちにはお総菜パンも多いんだ。お米にもパンにも合うお総菜。でも春香さんは違う。

「春香さんも実家暮らしだから、毎日白いご飯を食べたりはするけれども、たぶん一人暮らしをしたらずっとパンを食べている自信があるって人なんだって」

「だから、二人の間の空気が自然に馴染んでしまっていた？」

「そうなんだと思う」

　パン屋の息子と、パン大好きのお姉さん。

「これ以上のカップルはないんじゃないかって」

「じゃあ、本当に最初から二人を祝福する気持ちだったんだね。家族の皆が」

「うん」

「幸せな二人だ」

　本当にそう思う。そして、二人はきっと幸せでいるための努力をし続けると思う。お兄ちゃんは、そういう人だから。たぶん、春香さんも。

　コーヒーを飲んだ。

「お兄さんさ、真平さん」

「うん」

「よく来てくれるじゃん。店に」

「そうだね」

きっと私よりも〈ブルームーン〉に来ている。一人でコーヒーを飲みに来ることもあるし、打ち合わせで利用することもある。夜に友達とお酒を飲みに来ることだってある。

「一人でコーヒーを飲みに来たときはさ、それこそそこの席に座って、いつも本を読んでいるんだ。大体は小説なんだけど」

読書好きだから。いやむしろ活字中毒者と言ってもいいぐらい。鞄《かばん》の中にまだ読んでいない本が入っていないと落ち着かなくて電車とかにも乗れないって思うような人なんだ。

そもそもお兄ちゃんは、家族の中で一人だけ趣味嗜好《しこう》がちょっと違う人。たぶん、生みの親である晴香さんの血なんだと思う。芸術家肌というのとは少しニュアンスが違うかもしれないけど、そんな感じの人。

「読んでいるときのその姿がさ、美しいんだよ」

「美しい？」

まぁめっちゃイケメンとはとても言えないけれど、それなりに整った容姿ではあるとは思ってるけれど。妹としては。

「何て言えばいいかな。本を読んでいるときとか、ドラマや映画を真剣に観ているときってその世界に入り込んでるだろ？　誰でも」

「そうね」

「そういうときって、この世界から外れてとんでもない世界にイってしまっている状態。悪く言えばトリップしてるとかブッ飛んでいる状態と同じじゃないか？」

　うーんと唸ってしまった。

「まぁでも、そう言えないこともないのかな？」

「ハッと我に返るじゃん。ドラマでＣＭとか入ると」

「あ、そうね」

　そういうのは確かにイってしまっている状態かもしれない。

「それがさ、真平さんは美しいんだよ。表現するのが難しいけど、集中してその世界に入り込んでいるのがまるで神々《こうごう》しく輝いているみたいでさ」

「それは」

　大げさなような気もするけど。

「でも、ちょっとわかるかな」

　仕事に集中してパソコンに向かっているお兄ちゃんの背中からは、オーラというか、いつもとはまったく違う空気が流れているから。

「真平さんみたいな人が、きっとこの世の中のいろんなものを美しくしているんじゃないかって思ったりする」

「美しく」

「そういう人っていっぱいいるじゃないか。別に大きなことをするんじゃなくてさ。僕たちみたいなのは、たくさんの人のお腹を満たしたり心を休ませたりして、明日も生きていく力を与えているって自負してるんだけどさ」

あぁ、そうか。

「そうだね。そう思えると嬉しいね」

「だろう？　そして真平さんみたいな人たちは、世の中に美しいものを生み出していって、たくさんの人たちの心を磨《みが》いていくんだって、なんかそんなことを考えちゃうんだよね」

スゴイね。

青月くんは、知り合ったときからこの人の感じ方はおもしろくて好きって思っていたけど、何年経ってもずっとそう思えてしまう。

「なんか、嬉しい。兄のことをそんなふうに思ってくれる人がいるなんて」

「いや、僕だけじゃなくて、たぶん真平さんと一緒に仕事をしている人は同じようなことを感じていると思うよ。だから、ああいう仕事がきちんと来るんだと思う」

そうか。そうなのかもしれない。

「私ね」

「うん」

「たぶん、私の人生でいちばんのことだと思うんだ」

いちばん？　って青月くんが訊いた。

「そう、いちばん」

「何が？　お兄さんの結婚が？」

「うん」

ちょっとだけ眼を大きくさせた。

「それはね、もうこれ以上の出来事なんか起こらないんじゃないかって思うぐらいの、エポックメイキングな出来事なの」

ほう、って言った。

わざとらしく、ほう、って言って笑った。

「それは、ひょっとしたら、何年か後に僕と結婚する以上の出来事ってこと？」

私も笑った。

「怒ったりしないでね」

「怒りませんよ」

「あくまでも、今の私の中では、ってこと。青月くんと結婚したり、子供を産んだり、あるいは宝くじに当たって大金持ちになったり、いろいろ素晴らしいことが起こる可能性はあるよね」

「たくさんあるよ」

「でも」

お兄ちゃんに、お嫁さんがやってくる。

春香さんが、お嫁さんになって、うちで一緒に暮らす。

「たぶんこれ以上に心が、最高の色合いに焼き上がるような出来事は、ないんじゃないかって」

あー、なるほどって青月くんが頷いた。

「最高というか、いつも思い描いている理想の色合いの焼き上がり。理想である以上、たぶんゼッタイにそんなことはないような感じの」

「うん」

そう。その通り。

「理想の、焼き上がりか。わかるなー。コーヒーもさ、特にドリップだと最高の蒸らしと最高の落としができてこれはゼッタイに理想の、最高の味になっているぞ、っていうのを確かめようがないんだ」

「お客様に出しちゃうからね」

「そう。自分では味は確かめられないし見ただけではわからない。パンの場合もその最高の色合いが本当に理想の色合いかどうかは確かめられない」

「頭の中、心の中にあるものだから」

細井真由〈新郎の妹〉二十一歳〈ベーカリー HOSSO〉従業員

「だよね」

そうなんだ。

「それと同じぐらい、お兄さんの存在は、真由の中では大きいんだ」

「大きいなー」

私は、きっとお兄ちゃんが兄でなければ、私として存在できなかったと思う。ブラコンとは違うと思うけど。

「前に言ってたね。真平さんっていうお兄ちゃんがいたから、楽しいものを楽しいって感じられたし、悲しいことを悲しいって思えたって」

「そう」

たぶん親も気づいていなかったと思うけれども、私は自分の感情っていうものをきちんと表に出せない子供だった。それは少し大げさかな。

でも、楽しかったり嬉しかったり悲しかったり、そういうものを子供らしく出せない子供だった。傍目《はため》にはきっと、ものすごく大人しい女の子って思われていた。父さんや母さんもそう言っていたし。

「それを、感情を出していいんだって。こうすればいいんだって教えてくれたのが、兄だったんだ」

私と、遊んでくれた。

絵本を読んで、私が楽しいって思ったら一緒にわーっ、って笑顔になって「楽しいね？」ってちゃんと楽しんでくれた。私が怖がると「怖いね？」って自分も怖がって、でもしっかり抱きしめてくれた。

私はそんなお兄ちゃんを見て、手本として、感情を表に出すことを、ひとつひとつきちんと覚えていったんだ。

「情操《じょうそう》教育って言っちゃうとなんか味気なくなっちゃうけどね」

「うん」

きっとお兄ちゃんは、そういうものに敏感な人だったんだと思う。初めてできた妹が、そういう子だって本能として感じ取ったんじゃないかって。

だから、私といつも遊んでくれた。

絵本をたくさん読んでくれた。いろんな絵を描いてくれたし、一緒に描いた。私の絵が今でもちょっと上手なのは兄譲りだ。

「真奈ちゃん言ってたよね。私はお兄ちゃんに絵本読んでもらった記憶なんかないって」

「あったよ。覚えてないんだよ真奈は。真奈は強い子だったからね。昔っから今でも」

私はある意味では弱い子だったんだ。

それを、強い子にしてくれたのはお兄ちゃん。

だから、明日の結婚式。

細井真由　〈新郎の妹〉　二十一歳　〈ベーカリー　HOSSO〉従業員

本当に、嬉しい。
春香さんが来てくれるのが、嬉しくて楽しみでしょうがない。
最愛の、というのはちょっと違うと思うけど、そんな兄にお嫁さんが来る。
明日は、結婚式。

細井真平《ほそいしんぺい》

〈新郎〉　三十一歳　グラフィックデザイナー　イラストレーター

FaceTimeが鳴った。iMacとiPhoneで同時に。

菅田《すだ》か。

iMacで取って開くと、しばらくぶりに見る菅田の笑顔がディスプレイに映る。

(うぃーす。真平ちゃん久しぶりー)

「久しぶりだな。なんだその頭」

前に会ったときとまるで髪形が違う。髪の毛が思いっきりくるくるになっている。それこそマンガの主人公みたいに。

(三十超えてイメチェン。あれ？　ってことはもう一年ぐらい顔を合わせてないのか？)

「そうだよな。前に会ったのは、確か富坂《とみさか》さんのギャラリーの個展のときじゃないか？」

(あー、そうだったな。じゃあ一年半も前じゃん。そんなに真平と会ってないって初めてじゃねぇか？)

「忙しいからな」

菅田が。

この一年ちょっとですっかり人気というか、大人気のマンガ家になってしまった。連載しているマンガはコミックスになってバカ売れしている。

ペンネームは藍田帆。アイダ・ホ。

『マイ・プライベート・アイダホ』が大好きで大好きであの映画のリヴァー・フェニックスと

キアヌ・リーブスがもう生涯ナンバーワンの俳優になっていて、そんなペンネームをつけたらその名前で連載が決まってしまってそのまま。

(いやホントに週刊連載ってスゴイわ。ずーっと描《か》いてるからね。描いてないときも描いてるから頭ん中で)

「よく身体が持つよな」

(持たないわ。毎日酷使《こくし》してメンテナンスしての繰り返し。わかったよ神みたいなマンガ家さんがみんな元気な理由。元々の体力が違う。もう全員、阿佐谷《あさがや》みたいな連中)

「アサちゃんな」

同じ大学を出た仲間。本当にアサちゃん、阿佐谷は元気だ。創造力にレベルがあるとしたら、あいつのは無限大だ。

(俺なんか自分の限界がわかったからさ。とにかく毎日メンテナンスすることを覚えてさ、長く細く続けるのが精一杯)

それでももう一年週刊連載を続けているんだ。きっとあのマンガはあと五年やそこらは続くような内容だ。

「で?　忙しいのにどうした」

(結婚式じゃん明日)

そうだ。明日は結婚式。

（行けないしさ。そういやずっと会ってないし。もし会えたんなら独身最後のバチェラーパーティーってやつ？　やってあげたのになーって。せめて電話で話そうかってさ。当日は無理だから前日におめでとうって）

「そりゃどうもありがとう。締切りは大丈夫なのか？」

（ネーム上がったから大丈夫。俺は一応優良進行だからさ。ストック二週分あるし）

それが凄《すご》いのかどうかマンガの方はよくわからないけど、二週分の原稿が既に上がっているんなら、確かに優良かもしれない。

（真平、今挿《さ》し絵やってるだろ？　祥伝社《しょうでんしゃ》でやってる月刊の連載小説の）

「やってる」

（あれってどうなの小説って。ストックとかあるの？）

「いや、ないね。他の人がどうかは知らないけど、今やってる作家さんは、毎月締切りギリギリになってから編集さんから原稿が来るよ」

（ギリギリなのかやっぱり）

「ヤバいときには原稿が前半だけとか、絵になりそうな場面のあらすじだけが来たりするよ」

挿し絵だから、そういうのでも対応はできるけれど。

（そういうの困るだろうけど、でも小説家さんの気持ちもわかるからなー。毎回苦労するっていうの）

「だろうな」

マンガを描いたことはないし、小説を書いたこともない。

物語を作ることの苦労は実感できないけれど、頭に浮かんだものを描く難しさはよくわかる。だから、小説家の皆さんの原稿が遅れても怒ったりはしない。

「むしろ、絵を描きやすい場面だけ書いてくれてありがとうございます、ってなるよ。イラストレーターが言っちゃあなんだけど、絵にできないような冒頭の十行しか送ってこないような人と比べれば」

（そんな人いるのか）

「いた。以前の仕事でね。困っちゃって編集さんといろいろ相談しながらその十行にないシーンを描いちゃったよ」

後にも先にもあの一回だけだけど、本当に困ったなあれは。

（新婚旅行は？　ニューヨークとか行っちゃうの？）

「行けないよ。そもそも行かない。明日式が終わったらそのまま戻って家で暮らす」

（行かないの？）

「今、それこそ菅田ほどじゃないけど、ちょっとヤバいぐらいに忙しいんだ。装幀の仕事が重なっていて、とても旅行になんか行けないし、春香さんも忙しいから落ちついてからゆっくり国内旅行するつもり」

（そうそう、春香さんな。カワイイ人だよなー、写真しか見てないけど）

「今度ゆっくりできるときにさ、一緒に飯でも食おうよ。きっと春香さんとお前、気が合うと思う」

（そうなん？　なんで？）

「春香さんも『マイ・プライベート・アイダホ』は心のベスト3に入るぐらい好きな映画だから」

（マジか！　語り合いてぇ！）

本当に、気が合うというか、話が合うと思うんだ。菅田と春香さんはどこか話のテンポやリズムが同じなんだ。

菅田が、ディスプレイの中で微笑んだ。

（まぁでも良かったよ。結婚）

「うん？」

（ずっと思っていたんだけどさ、お前に彼女ができて良かった。そして結婚を決めるなんて最高だって。そういう日が来るなんて、本当に良かった。お前が誰かに恋をするなんてもうずっと考えられなかったからさ）

「あぁ」

そうかもしれない。そんなふうに思われていたかも。いや、思っていたんだな菅田は。

あの頃の皆は。

（そんなのは、もう思い出さない方がいいんだろうけどな）

「いや、そんなことはないよ」

もう十年も前の話だ。大学で、菅田やアサちゃんと過ごしていた頃。

（春香さんは、知らないんだろう？　昔の女の話なんかしないよな）

「普通はしないだろうけど、事実だけは伝えている」

（事実だけ？）

「大学時代に付き合っていた女性が、亡くなってしまったということだけ。それ以来、女性と深く付き合ったことはなかったんだってことだけはね。恋愛に対して臆病《おくびょう》というか、ひょっとしたら、そういう気持ちが残っていることで何か嫌な思いをさせてしまったら困ると思ってさ」

あー、って菅田が首を振った。

（誠実か！　真平ちゃんのそういうところマジ、アーティスト向きじゃない真面目さよね。アサちゃんと根本的に違うよな）

「お前も真面目だろ」

菅田も僕も、創作する人間としては真面目だ。アサちゃんは、不真面目だ。他にもっと的確な言葉があるとは思うんだけど、そんな話をしたことがある。真面目なアーティストの作品はきれいに仕上がる。不真面目なアーティストの作品はきれいに仕上がらない。

でも、それで決定的に違うのは浮かび上がってくる熱量だ。真面目だからこそ、その熱量をきれいにしようとして結果的に削り取ってしまう。不真面目な人は、きれいにしようとなんかしない。削り取らない。

結果として、きれいな作品か、凄い作品かにわかれてしまう。僕らはきれいにしかできないアーティストだ。その世界で生き抜いていけるようにするしかない人間。

（そもそもさ、どうして付き合おうって思った？　きっかけは？）

「何だよ、今頃」

（取材だ）

笑った。

（お前みたいな男がどうやって恋をしたのか）

恋か。

（恋愛が下手《へた》な人間がさ）

いまだにそういうのはわかっていない。たぶん一生わからないんじゃないかって思うけど。

「マンガのネタにしてもいいよ」

（するとも）

「最初に会ったのが、彼女が初めてうちの店にパンを買いに来たときなんだ」

細井真平　〈新郎〉　三十一歳　グラフィックデザイナー　イラストレーター

（へー）

「家にいれば、一日に一回は店に顔を出したりするけど、別に手伝ったりするわけじゃないから、ほんの数分だよ。そのときに、初めて来た彼女と会った」

　今でもはっきりと映像で覚えている。

　彼女は、春香さんは春物の薄い水色のコートを着ていた。入口の前で、軽くそのコートを手で払ったんだ。外から食べ物を扱う店に入るんだから、埃《ほこり》を払うつもりでそういう仕草をしたんだと思うけど、そんなことをする人なんか見たことがなかった。

「後から訊いたら、無意識だったって。でも言われてみれば必ずそういうことをやってる。たぶん気合いを入れているんだって」

（気合い？）

「大好きなパンを食べるんだから、身も心もきちんとして向き合おうって思っているんだろうって」

（すげぇな。本当にパンが大好きなんだな）

「彼女は食べ物は何でも好きだよ。そして味覚もたぶん鋭いと思う。真由が言ってたけど」

（姉妹のお姉ちゃんの方だな）

「そう、春香さんはたぶん小麦粉の違いもパンを食べたら当てるんじゃないかって」

（マジか。料理人になった方がいいんじゃないか）

「マンガ好きが皆マンガ家になれるわけじゃない」

（そりゃそうだ。で？　初めての出会いがそういうささやかだけど印象的だったのはわかった。絵になるよ）

「なるだろ」

（そこから先は？）

そのときは、本当に見かけただけだった。僕はすぐに家の中に戻ったので、彼女が店に入ってくるのと入れ違いみたいな形になった。

ただ、印象的だったのは間違いない。彼女の姿がはっきりと頭の中に刻まれていた。

「でも、そのときは彼女は僕の姿を見ていなかった」

（本当の出会いはその後か）

「そうなる」

真奈の話では、自分が紹介したんだ！　ってことになるらしい。

日曜日だって言っていた。

その頃にはもう春香さんは何度も店にパンを買いに来てくれていて、真奈はすっかり顔も覚えていて常連さんと認識していたらしい。

僕は、たまたま新しくしたパンを入れる籠の様子などをそれとなく見ていたんだ。お客さんがパンを取りやすくなっているか、たくさん並べることによって店の雰囲気はどう変わるかなどをチェックしていた。

（今思ったんだけどさ、お前が装幀家になった素地って、やっぱりパン屋の息子に生まれたことで培《つちか》われたのかもしれないな）

「実はそう思っていた」

店に並ぶパンを、物心ついたときからずっと見ていた。

パンだからって、ただそこに置けばいいってわけじゃない。美味しそうに見える並べ方というのは確かにあるんだ。それも、パンの形によって違ってくるし、実は光の当たり具合によっても違う。

夕方になって店の照明が点いてもそうだ。昼の光よりも、夜の照明の方が美味しそうに見えるパンというのもある。

「それは、本の装幀も同じなんだよな」

装幀というのは、ポスターなどと同じグラフィックデザインの分野ではあるけれども、まるで違う感覚が要求される。

ほかのたくさんの本と一緒に店先に並ぶ商品であると同時に、手に取ったときに、あるいは台に置かれたときに、本棚に並べられたときに、背表紙しか見えないときにも、一個のデザインとして存在しなきゃならない。

つまり、どの場面でも美味しそうに見えなきゃならないし、平面のポスターと違って立体だ。形がある。

それが、装幀なんだ。

理想としては他の本と並んだときでも光るデザインで、なおかつ手に取ったときにはそのまま所有したいと思わせる美しさを放つデザイン。

（マンガ描いててもさー、それは感じるよ）

「本誌とコミックスのパースペクティブの違いだろう」

（そうそう、見え方の違いな。あれでおもしろさって随分変わると思うんだよな）

「絶対にあると思う」

個人の感覚によるところが大きいとは思うものの、作品によっては本誌の大きさで読んだ方がおもしろいものもあるし、反対にコミックスの小ささになったからこそおもしろさが出るものもある。

（でも今は電書もあるからさー、そこにこだわっちゃうと手が止まってしまうから考えないけどな）

「そうだな」

電子書籍は、パソコンやタブレット、スマホと何で見るかによって大きさがまるで違う。見え方が違ってくる。そういう意味ではマンガは難しくもあり、おもしろくもある。

（で、真奈ちゃんがどうしたって？　常連さんだって、お前たちを引き合わせたのか？）

細井真平　〈新郎〉　三十一歳　グラフィックデザイナー　イラストレーター

「いきなりだよ」

あの人だ、っていうのはすぐにわかった。コートを払ってから店に入ってきた女性。その人がレジに来たときにたまたま僕も近くにいた。

真奈が、言ったんだ。兄なんです！　って。真奈の態度から常連さんになった人なんだなっていうのはわかっていたから、挨拶した。

少しの間、話をした。パンを袋詰めしている間だ。

そのまま僕は打ち合わせで外出するつもりだった。その女性が、袋を受け取った。じゃあ、行ってくるからと真奈に言って、そしてその人もそのまま店を出る。

全部が、自然なタイミングだったんだ。まるで待ち合わせをして、じゃあ行きましょうかって感じで二人で店を出た。

☆

「妹さんって、まだ高校生なんですよね？」

話題を探す感じでもなく、店を出て駅へ向かって歩き始めてすぐに彼女が訊いてきた。

「そうなんです。真奈って言います」

真奈はよく制服のまま店に入ってきて、忙しいときには制服にエプロンをしてレジをやったりしていたので知っているんだろうな、と思った。

「実は、パンを焼いているのはもう一人の妹で、真由と言います」

「そうなんですか！」

彼女は素直に驚いていた。その受け答えに、好感を持ってしまった。

本当にごく自然だったんだ。そして、パンの入った袋をすごくきちんと持っているのにも気づいていた。軽いからってラフに扱わない。まるでケーキが入った箱の袋を持っているように、きちんと揺らさないようにしている。

何もかもが、意識せずに自然だ。自然に、物事をきちんとする人。

「じゃあ、細井真奈さんと真由さん姉妹ですね」

店名が名字というのは知っていたんだろうから、頷いた。

「そうです。僕は一番上の兄で、真平と言います。でも、パンを焼いているわけではなく、あの家ではただ一人違う仕事で、デザイナーをやっているんです」

デザイナーさん、と小さく呟《つぶや》いた後に、歩きながら少し背筋を伸ばした。

「井東春香と言います。井東は、井戸の井に東なんです」

少し微笑んだ。

「名乗ったときに、これを言わないと皆さん伊賀《いが》の伊に下り藤の伊藤さんと思ってしまうので」

細井真平　〈新郎〉　三十一歳　グラフィックデザイナー　イラストレーター

「そうですよね」

井東と書くのは、珍しい。初めて会ったかもしれない。

そして、はるか、という名前。

「はるかさんは、どういう漢字ですか？」

「あ、春の香りです。香水の香ですね」

死んだ母と、漢字は違うけど同じ名前。偶然だなって思ったけど、もちろん表情には出さなかったつもりだ。

「真平は、真実の真に平らです」

お互いに少し笑ってしまった。ほぼ初対面で、名前の説明をする。名刺交換だったらこんなことはなかったんだけど。

「デザインは、じゃああのお店のいろんなものも？」

「そうです。でもそれが本業ではないんですよ。自分の家なのでやっていますが、本業は装幀の方のデザイナーです」

「本の！　そうなんですか」

それで、本好きな人なんだな、というのもわかった。

「いちばん最近装幀を担当したのは、小路《しょうじ》幸也《ゆきや》さんという小説家さんの『月の犬に夜の猫』という本です」

「えっ」

彼女の、春香さんの眼が大きくなった。

「読んでいます！」

彼女が、少し慌てたようにして、肩に掛けていたトートバッグから、単行本を取り出した。書店のカバーが掛かった単行本。

慌てていたのにすぐに落ちついて、それをゆっくりと静かに丁寧に外したんだ。中から出てきたのは、もちろん僕が装幀を担当した小路さんの『月の犬に夜の猫』だった。

☆

（それは、マジで印象的な出会い方だな。運命じゃん）

「まぁそうとも言えるって感じた」

（小路幸也さんなんてそんなに売れてない人だろ？　俺はお前がよく装幀をやってる作家さんだからって知ってたけどさ。その人の本を読んでる人と、装幀家のお前が出会うなんてさ。そりゃマンガにも描けんな」

「描けないか。偶然すぎるか」

（編集さんに笑われるな。これはちょっと、って）

細井真平　〈新郎〉　三十一歳　グラフィックデザイナー　イラストレーター

「そうかもしれないな」

（それで、連絡先を交換したのか。今日は忙しいけどまた今度会いませんかって）

「いや、そこまでは。またパンを買いに来てくれるんだろうし、僕はほとんど家にいる人間だからさ」

（えー）

「でも、また一週間ぐらい経った休みの日に、彼女は、春香さんはパンを買いに来たんだ。そのときに、部屋に上がってきた」

（早いな展開！）

笑った。

「違うんだ。真奈が連れてきたんだ」

（真奈ちゃんが？）

「新作のパンを味見して、意見を聞かせてもらうんだって。その場所として、いちばん広い僕の部屋を借りるってさ。いや居間がいちばん広いだろうって思ったけどね」

（なるほど。真奈ちゃんはもうすっかり妹として兄の恋にいたる道を、側面から援護しようと）

「側面どころか正面突破だけどね」

それで、初めて連絡先も交換した。

また今度、ゆっくり会いましょうかって約束もした。

☆
（じゃあな）

「うん、また会おう」

菅田との電話を切った途端、誰かが来た、と思ったら祖父ちゃんの声がした。

「真平、入るぞ」

「どうぞ」

祖父ちゃんが何かを覗《のぞ》くようにしながらドアを開けて入ってきた。

「話し声がしてるって思ったんだがな」

「あぁ、電話していたんだ。菅田と。知ってるよね。大学一緒の」

おお、って笑った。

「あのおもしろいマンガ家さんのな。菅田くんな。こう、髪がツンツンしていた」

「久しぶりに見たら、今度はくるくるになっていた」

「見た？　あぁ、電話、パソコンのな。元気か菅田くんは。しばらく見とらんが」

「元気元気。結婚おめでとうって。忙しくて式には来られないからさ」

「そうか。菅田くんは確か今も横浜《よこはま》だったな？」

「うん、横浜。連載決まったら東京に出てくるかもって言っていたんだけどね」

結局はそのまま横浜にいる。

「今は、どこにいてもデータでやり取りできるから」

「そうだな」

祖父ちゃんは定年まで印刷会社で働いた人だ。機械メンテナンスが専門だったからデザインについてはそんなにも詳しくないけれども、ネットなんかの基本的なことは全部わかってる。八十歳になっているのに、自分でネットショッピングできて、スマホも基本的なことは全部操れるのは凄いと思うよ。

祖父ちゃんが、よっこいしょ、って床に置いてあったクッションの上に座った。

「どうしたの？　何かあった？」

祖父ちゃんが僕の部屋に来ることはたまにあるけれど、今夜は何か話したそうな顔をしている。

「仕事中だったか？」

ｉＭａｃを見る。

「大丈夫だよ」

祖父ちゃんが、ひとつ息を吐いた。

「お前に話しておかにゃならんな、って思ってな」

話す。

「何を？」

「大したことじゃあ、ないんだが、知っておいた方がいいと思ってな。ほら、昨日な。春香さんがお祖母さんを連れてきたろう。綿貫壽賀子さん」

「うん」

やっぱりそれか、って思った。

昨日、思ったんだ。祖父ちゃんと、向こうのお祖母さん、綿貫壽賀子さんの間に何か微妙な空気が流れたなって思って気になって春香さんにも言ったんだ。それで、祖父ちゃんにも訊いたけど、別に何もないぞって言われたんだ。

「あの場ではな、お互いに知らんぷりしたんだがな。実は、知り合いだったんだな祖父ちゃんたちはな」

知り合い。

「隠したの？　あの場では？」

「そういうことだな。何で隠したかというと、別にマズイことがあったわけじゃあないぞ。二人が昔は恋仲だったとか、お互いに犯罪に関係してるとかそんなんじゃないぞ」

笑ってしまった。

二人が昔は泥棒《どろぼう》のコンビとかだったら、真っ先に菅田に教えてやろうと思った。それこそマンガ向きじゃないかって。

「簡単に言うとな、昔綿貫さんは、お店をやっていたんだ。洋食屋をな」

「聞いてる」

美味しい食堂だったって。

「その当時な。祖父ちゃんはそこの常連だった。当時勤めていた工場がすぐ近くだったんだよ」

「本当に？」

それは、凄い偶然だ。

「じゃあ、それを隠したってことは、何か気まずいことがあって、会わなくなったとか？」

「いや、会わなくなったのは単純に祖父ちゃんが転勤して、違う工場に移ったからだ。でもなぁ、その前にちぃと祖父ちゃん、女とモメてな」

「女と？」

びっくりだ。

真面目ってことで評判の祖父ちゃんが。

「祖母ちゃん言ってたよ？　祖父ちゃんは浮気はもちろん、他の女性と話もしないぐらい祖母ちゃん一筋だったって」

笑った。苦笑い。

「そりゃそうだ。祖母さんと結婚してからはその通り。そもそもこのご面相で女にモテるわけがないんだがな。まだ祖母さんと結婚する前の話だ」

後輩がいたんだって。女性の後輩。それも二人。

「祖父ちゃんはな、二人に分け隔《へだ》てなく、あくまでも先輩として接していたつもりだったんだがな。どうもやっぱり女性の扱いは下手だったみたいでな。誤解させてしまったようでな」

誤解。

「っていうことは、その女性二人とも祖父ちゃんのことを好きになっていて、修羅場になってしまったって話？」

「簡単に言うとそういうことだ」

本当にびっくりだ。

人に歴史ありってこういうことか。

「言っとくが、手を出したとかそういうことじゃない。本当に、当時はまだ珍しかった女性の技術者に、後輩にただ優しく接していただけなんだ。大変だろうけど頑張ろうなってな。そりゃあ優しい言葉をかけたり、毎日昼飯を一緒に食べにいって、ほらコミュニケーションを取ったりな。仕事の相談にのったりしたが、それだけなんだ」

「それでも、誤解してしまっていた？　二人とも」

「そういうことだ」

あるのかもしれない。五十年ぐらいも昔の話だろう。その頃はまだ皆、純情というか、そういう時代だったんだと思う。

そもそもこの祖父ちゃんが女性を玩《もてあそ》ぶなんてできるわけがない。

「でな、それを祖父ちゃんが知ったのは、二人がお互いに祖父ちゃんと付き合っていると思い込んで、喧嘩を始めたときよ。なんだそりゃ、とな。慌てて二人と話をしようと思ったが、そんな話を真剣に真面目に、しかも誰も来ないところで話せる場所なんか、そうそうない」

そうか。

「それで、洋食屋さんを?」

祖父ちゃんが頷いた。

「親しくさせてもらっていたしな。あそこの綿貫さんたち夫妻の人柄もわかっていた。閉店後だったら誰にも知られないだろうと思ってな。話し合いの場に貸してもらったんだよ」

そんな出来事が。

「まぁ、そんなんがあってな。昨日、何十年ぶりかで会って、すぐに綿貫壽賀子さんだってわかったが、まさか孫同士が結婚する直前に、実はこんなことがあっての知り合いですなんて、話せないとすぐに思ってな」

凄い。

「あの一瞬の目配《めくば》せで、お互いにそれを了承したんだ。口に出さないでも通じ合って、初対面のふりをしたの？」

「そうなるな。ホッとしたよ」

人間って、そういう人間の感覚って本当に凄いと思う。

「黙ってても良かったんだが、どうせ明日には壽賀子さんとまた会って、この話をしなきゃならんだろうし。だったらきちんとお前にだけは言っておこうと思ってな」

うん、って頷いた。

ちょっと深刻そうな話だったらどうしようって思ったけど、なんてことはない。

「大丈夫だよ。きっと春香さんも今頃、お祖母さんから聞いているんじゃないかな？　こんなことがあったんだって」

「そう、かな。そうかもしれんが、真平。父さん母さんたちには内緒にしてくれよ。そして特に真由とか真奈には言うなよ。恥ずかしくてかなわんから。春香さんも聞いたんならそうしてくれって言っといてくれよ」

「わかった」

笑ってしまった。

でも、嬉しかった。偶然だけど、そんな繋がりがあったなんて。そして、二人が僕たちのことを考えてくれたんだって。

細井真平　〈新郎〉　三十一歳　グラフィックデザイナー　イラストレーター

明日の結婚式が、つつがなく終わることを。そしてこれからの結婚生活が明るいものであることを。

井東春香《いとうはるか》

〈新婦〉　二十六歳　信用金庫勤務

びっくりした。

眼が覚めたら結婚式の朝だって思っていたのに、部屋の中が真っ暗だったから。

寝ている間にとんでもないことが起こって世界が滅亡して夜の世界だけになってしまったんだろうか、って思ってしまったぐらいに、真っ暗。

枕元に置いてあるｉＰｈｏｎｅを取った。

午前零《れい》時三十分。

「何で？」

本当にびっくりだ。寝たのは十一時。一時間半ぐらいしか経っていないのに、眼が覚めてしまったんだ。そりゃあまだ真っ暗よね。

「起きちゃった」

どうして起きちゃったんだろう。

大きな物音がしたわけじゃない。誰かに呼ばれたわけでもない。もちろん地震でも火事でもない。天変地異は起きていない。少なくともこの辺では。

「わー」

そんな声しか出ない。

明日、いや正確に言うと今日は結婚式。自分では全然そんなふうに感じていなかったけど、この家で過ごす最後の夜ってことで、興奮でもしていたんだろうか。

きっとそうなんだろうな。

この家を離れるのが淋しいとか悲しいとか、そんなことはあんまり感じていなかったはずなのに。そりゃあ少しはセンチメンタルな気持ちになる瞬間はいろいろあったけれど、むしろ楽しみというか、明日からの新しい暮らしへの期待とか希望の方が勝っていたのに。

自分でもわからないうちに、そういういろんな感情が溢《あふ》れるようになっていて、こんな時間に目覚めることになってしまったんだろうか。

「びっくりね」

独《ひと》り言《ごと》を繰り返しちゃった。

こんなこと、今までの人生でなかったと思う。

自慢ではないけど寝付きも寝起きもいいのが、私の取《と》り柄《え》だったのに。

いや今も確かに寝付きも寝起きも良かったみたい。本当に熟睡したみたいに、眼がぱっちり。頭もスッキリ冴《さ》えている。このまますぐにデスクに向かって仕事にかかれるぐらいに。

頭を動かした。私の部屋。

一階で、お父さんお母さん、お祖母ちゃんたちはもう寝ているはず。

隣りの部屋にいる秋郎はまだ起きてるだろうけど。

暗闇でもわかるぐらいに、スカスカしている自分の部屋。

もう荷物は何もかも整理してしまって、残っているのはこのベッドと布団と、机だけ。机も引き出しの中もほとんど空《から》っぽ。机の上に乗っているのは、明日持っていく少しの荷物が入ったトートバッグ。

他には、何もない。使うものはもう向こうに持ち込んだし、使わないものは全部処分してしまった。

私がいなくなったらこの部屋は空《あ》き部屋になる。最初のうちはそのままだろうけど、そのうちに秋郎とかのいろんな荷物なんかが放り込まれていって、物置みたいになっていくんだ。きっとそう。

私と真平さんが泊まりに来たときのためにちゃんとしておく、とかお父さんは言っていたけど、二人で泊まることなんか、たぶんないよね。だって遊びに来たとしても、電車ですぐに帰れるんだから。そう、もう帰る家はここじゃないんだから。

泊まることがあるとしたら、余程の事態が起きたとき。たとえば誰かが病気になったり亡くなったとか、それこそ火事があったとか、そういう非常時だろうから。でも、そんなことは起きない方がいいに決まっている。

もしくは離婚とか。出戻り？

そんなの私が考えるはずがない。まだ式も挙げていないうちから。笑ってしまった。

ゼッタイにない、とは言えないけれど、離婚して戻ってくるなんていうのは、やっぱりゴメンですね。

でもまぁ、そういう場所があるってことは幸せだって言うけれど。確かに、何があろうと戻ってこられるところがあるのは、この部屋があるっていうのは幸せなことだろうとは思う。ずっと私の部屋だった。物心ついたときから。

違うか、正確には小学校に入ったときぐらいから、ここが私の部屋だった。

天井の染みも、壁の汚れも、床のへこみも、何もかも全部覚えている。机の正面の壁の染みは、信じられないけれど中学生のときにカップ麺をぶちまけてしまったときの染みだ。

あれは、受験生だったある日の夜。勉強にいそしんでいた私は夜食にカップ麺を作って、机について食べようとしていた。その私の眼の前に、机の上に、何故かあいつがポトリと落ちてきたのだ。その名を呼びたくもない、あの虫。GよG。

後から父さんに聞いたけど、私はまるで獣《けもの》のような叫び声を上げたそうだ。何事が起きたのかと動揺するぐらいに。そして私は、まったく覚えていないんだけど、手にしていたカップ麺を壁に向けてぶちまけてしまったのだ。

そんなに虫に弱いとかではないんだけれど、あのときは本当に怖かったというか、カップ麺をかすめるように落ちてきたというか飛んできたというか。

他にもいろんなことがあったよね。小学校のときには仲良しの子たちでお泊まり会もやった。中学のときにはえっちゃんとまぁちゃんが何度か泊まっていった。一晩中いろんな話をしていた。

勉強もした。新谷《しんたに》くんとえっちゃんとまぁちゃん、それに近藤《こんどう》くんか。何度かここで夏休みに宿題やったよね。自由研究もやったっけ。

この部屋で一人密《ひそ》かに泣いた夜、なんていうのは、なかったかな。

うん、なかったと思う。いろいろ思い出して頭に来て怒っていたことは何度もあったと思うけど。

淋しかったり、辛《つら》かったりして誰にも言えなくて泣いたことなんか、なかった。それはとても幸せだったんじゃないかって思う。

この家に、家族に、守られて育ってこられたんだな私は。

困った。

「本当に眠くない」

このまま眼を閉じていたら眠れるかと思ったけれど、全然眠くならない。

何か飲みに台所に行こうか。眠れないときにはホットミルクがいいっていうけれども。や、なんかそれは誰かに、秋郎とかに見られてしまったら後でからかわれそうだし、部屋に行って話をしておやすみを言った後にまた会うっていうのも。

誰か。

誰かと話を。

(まぁちゃん)

まぁちゃんにＬＩＮＥ。

この時間でも起きているのは、そしていきなりＬＩＮＥとかしても大丈夫な友達は、たぶんまぁちゃんぐらい。きーちゃんも藤江《ふじえ》もとっくに寝ているよね。

起きてるよねまぁちゃん。いつもシフトは夕方からだから寝るのは一時過ぎや二時ぐらいだって言ってるもんね。

【眼が覚めてしまって、眠れない】

すぐに返ってきた。

【おおう。さすが結婚式前夜？】

【自分でもびっくりした。何してたの？】

【ネトフリ観てる。映画。今日の準備はもうしてある。楽しみだよー】

【ありがとう！　一時間半ぐらいしか寝てないのに、何故か突然パッチリと眼が覚めてしまって】

【いいじゃない。結婚式前夜の貴重な思い出ができて】

【思い出になるかな】

【なるよ。少し話す？　電話で】

話すか。

文字を打ってると余計に眼が冴えてくるかも。

【私がかける】

まぁちゃんに電話。

（はいはーい）

「なんかゴメン。映画観てるのに」

（いつでも観られるから。何でそんなひそひそ声で）

「だって、秋郎にわかっちゃうかも。夜中に起きてただろうって言われる」

（イヤホン付けなよ。ＡｉｒＰｏｄｓ持ってるでしょ。あのマイクスゴイよ。ぼそぼそ話してもしっかり聞こえるから）

「そっか」

その手があったか。それならｉＰｈｏｎｅを耳に当てなくても、寝転がったまま話ができるか。そしてそのまま眠ってしまってもいいか。

「聞こえる？」

（カンペキ。普通に話すよりはっきり聞こえる）

「本当にね、まるでぐっすり寝た朝のような気持ち。一ミリも眠くないしスッキリしてるの」

（あるよね。ちょうどいい感じで疲れたときとか、一時間ぐらい寝て起きたらものすごいスッキリしてるの。そんな感じじゃない？）

「そうなのかも。やっぱり、緊張とか興奮とか、そういうものがあったのかな。自分ではあんまり感じてなかったんだけど」

（そりゃあ、あるでしょう。春香はずーっと実家にいたんだし、仲良しの家族だからさ。私みたいにさっさと家を出て一人暮らし始めたのとは、家への思いってものが違うでしょうに）

「引っ越し手伝ったよね。夜までいたよね」

（いたいた。藤江もきーちゃんも）

そうだった。まぁちゃんとは中学から一緒だったけど、高校からきーちゃんと藤江と一緒になって、それからずっと四人は仲良くしてる。

四人の中で、高校出てすぐに家を離れたのはまぁちゃんだけだった。働き始めたのも、まぁちゃんがいちばん最初。

家の話になると、まぁちゃんと私はまるで違う。どうしてこんなにも違うんだろうって思ってしまうぐらいに、違う。

まぁちゃんは、もう家族とは、両親とは一生かかわらないと決めている。子である以上二人が死んだときにはきちんとするけれども、それ以外では一切関係しない。会うこともないって。

仲が悪いと言ってしまえばそれまでだけど、たとえ親子であろうと確執みたいなものが生まれて、そういうことになってしまうんだというのは、私はまぁちゃんで初めて現実にあるってことを知った。中学で一緒になってから、ずっとそれを、知り続けたって言い方はおかしいけれど、見てきた。まぁちゃんから聞いていた。

(お父さんお母さんと思う存分話した？　最後の夜に)

「そんなんでもないよ。普通。まぁ最後だねっていうような話はしたけれど、遠く離れるわけじゃないしね。電車ですぐに帰ってこられるんだから」

(そうかもね。弟くんと離れるのがいちばん淋しいんじゃないの？)

「淋しくはないけれど、でもいちばん考えたかもしれない」

秋郎と、話した。話をしに部屋に行った。こんなふうにするのは最後だろうなぁって思いながら。私がいなくなるんだから、その分余計にお父さんお母さんに甘えろって。ワガママ言い放題になれって。

「あの子は、いい子だったから。私の言うことなら何でも聞いたし」

(可愛かったよね秋郎ちゃん。今も可愛いけど)

「まぁちゃんによくなついてたよね」

(なついてたっていうか、お姉ちゃんの友達だからって感じよ。秋郎ちゃんはお姉ちゃんがボスだったからね)

ボスか。そんなつもりじゃなかったんだけど、そういうふうに見られていたかも。

(心配しなくても、あなたがいなくなった分、この眞子《まこ》お姉さんが秋郎くんの面倒を見てあげるから)

「いやー、そこは手加減して」

実は、ちょっと心配というか、心配じゃないけれど思ったというか、秋郎がまぁちゃんに接するときの態度がちょっと変わってきたんじゃないかって。

（手加減ってなぁに。私いじめてないわよ秋郎ちゃん）

「そうじゃなくて、あの子、まぁちゃんのことを好きなんじゃないかなぁって」

（あぁん？）

「二人きりで会ったりとかしてないよね。いや、それならそれでもう全然かまわないんだけど」

姉さん女房を貰ったとしても、まぁちゃんと義理の姉妹になるなんていうのは何かものすごく奇跡みたいなことで嬉しいかもだけど、ちょっと複雑な気もする。

まぁちゃんが笑った。

（ないない。なんでそんなこと思った？　あ、この間偶然本屋で会ったって話から？）

「いやぁ、あの子近頃何となく。秋郎のまぁちゃんを見る眼がなんか変わったかなって思っちゃって」

あはーん、ってまるで外国人のような声をまぁちゃんが出した。

（それはね春香。そんなふうに思えたのはね、あんたが細井さんに恋をしてから男の見方や感じ方が変わったせいよ）

「私が?」

(言ったじゃない。ほら身に纏う空気が変わるってことを初めて知ったって)

「あぁ」

そう。二人で会っているときも、たとえば映画を観ているときの真平さんはクリエイターとしての鋭い空気を身に纏う。公園で子供たちが遊んでいるのを見かけたときには、笑顔と温かな空気を。私と話しているときには、優しく紳士的な眼差《まなざ》しと雰囲気を。そんなふうに人の雰囲気を感じ取れたのは生まれて初めてだった。

(あたりまえだけど、ずっとあんたは秋郎くんも男だなんて一ミリも思っていなかった。それが細井さんに出会ってから、あんたの眼がようやく男性というものを認識したの。細井さんを通じてね)

「ええ、そう?」

(そうよ、言っとくけどあんたずーっとお子ちゃまだったんだからね? そういうことに関しては)

お子ちゃま。

(そしてね、細井さんに恋したことで、初めて弟である秋郎くんを男性として認識することができたのよ。だからそんなふうに感じたんじゃないの?)

「えー?」

どういうこと。

（文字通り、感じ方の違いよ。それまでは秋郎くんが私たちと会うときは弟と自分の友達としてしか認識してなかった。それが、秋郎くんは弟じゃなくて男性、私たちは友達じゃなくて女性、ようやくそういうふうに見ることができたから、秋郎くんが私に恋してるなんてふうに思えちゃったのよ）

男か。

そう言われてみれば、秋郎がまぁちゃんのことを好きなんじゃないかってふと思ったのは、真平さんと付き合いはじめてからか。

「どうしよう、そうなのかもしれない」

私は、お子ちゃまだったのか。

そういうことに関しては。

（まぁ今日結婚式を挙げる人に今更だろうの話だけどね。恋すると周りの景色が変わるってよく言うけど、本当だと私は思うよ。男も女も、恋して失恋して愛して、そうやって世界が広がって行くのよ。愛は世界を救うっていうのも本当だと私は思ってるわよ）

「まぁちゃん」

前から思っていたんだけれど。

まぁちゃんが、中学の頃からずっと私たちよりなんか大人だよなって思っていたんだけど。

「まぁちゃんが大人っぽかったのって、恋愛の達人だったから？　ひょっとして私まぁちゃんの恋愛遍歴《へんれき》を何にも知らなかった？　聞いてないことたくさんある？」

まだ二十六歳なのにその達観ぶりは。

(遍歴って、人を恋多き女みたいに)

「違うの？」

私が知ってるのは、中学のときに好きだった小泉《こいずみ》くんと、高校のとき一年間だけ付き合っていた佐々木《ささき》くん。そしてもう別れちゃったけれど、社会人になってから恋人になった柿崎《かきざき》さんっていう人。その三人ぐらいしか知らないから、それでは確かに恋多きとは言えないと思うけれども。

(私よりもきーちゃんが恋愛体質じゃん。きーちゃん、遍歴はないけれど恋してないと死んじゃうもん)

「そうかも」

きーちゃんは、いつも恋をしている。そしていつも幸せそうだ。決してたくさんの恋をしているわけじゃないけれど、大好きな人ができたらずっとその人に恋している。毎日が楽しくなる。

そうか、そういう意味では私も今、ずっと恋をしているのか。

そして、明日結婚するんだ。

(私は、今付き合っている人は、まぁいないし)

「まだいないの?」

柿崎さんと別れたのはもう二年も三年も前だったと思うんだけど。そういえばその後に誰かと付き合っているって話は全然聞いてなかった。

(もしも達観してるみたいに聞こえたらね、それは、あれかな)

「あれ」

(良い悪いの話じゃなくてね。あんたと私とでは家庭環境の違いがあったというだけ。私は、親が酷《ひど》い人間だったせいで、せい、って言うのも今となってはあれか。酷い人間だったお陰で早めに心が強くなったっていうだけよ)

お陰か。

「前にそんな話をしたね。そのお陰で私は私になれたからって」

(そうそう)

親は、選べない。

でも、自分の人生は自分で選べる。受験とか、就職とか、人生の選択っていうものがある。それは自分で選んで生きていける。家族を捨てるというのも、そのひとつ。

そういう話を、まぁちゃんはする。

(その人を選んだ人生が始まるんだ、ってよく言うでしょう? 結婚って)

「あ、そうだね」

小説とか、ドラマとか、歌詞にもあるかもしれない。その人と歩き始める人生の始まりが、結婚。

(私は、家族と離れて一人で生きるための選択をしたし、春香は細井さんと二人で一緒に生きることを選択したんだよね。それが、明日。もう今日か、結婚式)

「うん」

そうだ。私は、私だけじゃないや。真平さんと二人で選んだのが、一緒に人生を歩いていくということ。

それが、結婚。

(春香は、井東家と細井家と二つも家族を持つんだよ。結婚した人は皆そうなんだけどさ。あんたのところは、良かったって皆が祝福して皆が幸せな気持ちになって、明るい未来がきっとあるって願ってくれる。それってさ、結婚することによって幸せな家族が二つも、あんたと細井さんのところを含めれば三つもできあがるってことだよね。だからなんだよ、祝福された結婚に、皆が、赤の他人でさえもおめでとう！　って喜ぶのはさ)

幸せな家族ができあがる。明るい未来にあると願える。

そうか、そうだね。だから結婚って皆に祝福されるんだね。

(本当に、本当に良かったって思ってる)

井東春香　〈新婦〉　二十六歳　信用金庫勤務

「ありがと」

（でも、春香さ）

「うん」

（明日結婚する人に言うことじゃないし、縁起でもないかもだけど、こんな話をしちゃったから言うけど、どんな選択をしても後悔することはきっとあるからね）

後悔。

「まぁちゃんの経験だね？」

（そう）

家族を捨てる選択を自分で決めたまぁちゃんの。

それは、新しい家族を持つ選択をした私とも重なること。

（後悔は、あるの。大げさな言葉になっちゃうけど、光があるところに影ができるのと同じように、選ぶということに後悔は付きものなんだと思う。後悔のない選択なんか、ないって私は思う。でも、それも全部ひっくるめて、誰かと一緒に生きるということを、春香は選択したのよ）

「うん」

何もかも、全部込みで。

（それを忘れなければ、その部屋にまた帰ってくることなんかそうそうないと思うよ。幸せに

なれるよ）

「ありがと」

まぁちゃん、ありがとう。

（ま、帰ってきてもいいんだけどね！　それもまた人生だし！）

「いやぁまだ出て行かないうちに言わないでそんなこと」

笑う。

笑った声が、隣りの部屋の秋郎に聞こえちゃったかな。ヤバい、姉さんが明日の結婚式を前にして、いろいろおかしくなってるかもって思ったりして。

☆

五時半。

朝の、五時半。

眼が覚めちゃった。今度は、ちゃんと朝に。

式場に入るのは九時半なので、まぁ六時には起きようかって思ってアラームをかけていたから、ちょうどいいって言えばいいし、ちょっと早いと言えば早い。

まぁちゃんと話していて眠気が来たのは、一時過ぎ。おやすみを言って、明日ねって言って、もう今日だよって言って。

そうだねよろしくねって返事した後の記憶がないから、そこで電話を切ったんだ。

「うん」

スッキリしてる。若干寝不足気味の感じはあるけれど、大丈夫。いつもの感じだ。

ベッドの上に起き上がって、手を伸ばせば届くカーテンを開ける。

天気予報で確認はしていたけれど、天気は朝方は曇《くも》りで午前中から晴れていくっていう予報だから、天気の心配もない。

「うん。結婚式日和《びより》だ」

そんな言葉はないだろうけど、きれいな格好をしているのに雨になってしまう結婚式ってちょっと辛いものね。

良かった。

来てくれる人たちも、安心だ。

起きて、まずベッドの上から掛け布団を下ろして、シーツをはいだ。ベッドマットや掛け布団はそのままにしておく。

パジャマを脱いで下着を換えた。普段なら、外出着になるガウチョパンツと薄手のニットのセーターを着る。

パジャマと下着は、シーツと一緒に軽く畳んでそのまま下に持っていって洗濯カゴに入れる。シーツはいらないけど、パジャマと下着は、そのうちに取りに来るかもしれないし、そのまま置いておくかもしれない。お母さんには言ってある。洗濯だけよろしくねって。

そうだ、掛け布団のカバーも外そう。これも洗ってもらおう。その方がいいよね。前に洗ったの、確かけっこう前だったよね。

「よいしょ」

アレルギー持ちの人たちはこれが辛いって言ってるよね。私も多少鼻炎があるんだけど、そこまで酷くないので助かってるけど。

陽が射してきて、埃が少し舞っているのが見える。

今日で、最後だ。

たぶん、この部屋で起きるのも。

着替えるのも。

こうやって、眺めるのも。

そっと階段を下りて、洗濯物を洗濯カゴに入れる。そのまま台所に行く。

今日の朝ご飯も、トーストだ。いつもの朝ご飯でいい。まだちょっと作るのは早いか。そうか、スープでも作ろうか。

うん、私が全部作ろう。

考えてなかったけど、娘が最後に作る朝食っていうのも、いいもんでしょ。

キャベツがあったし、そうだ、美味しいベーコンがあった。それは焼くけど、ついでにベーコンとキャベツと人参《にんじん》を入れてコンソメでスープを作れば美味しいでしょ。

トーストにもバッチリ合う。

あとは、目玉焼きじゃなくて、オムレツを作ろう。それもキノコのクリームソースのオムレツだ。

キノコはあったものね。エノキがあった。生クリームもあるしカンペキじゃない。あれ、玉ねぎとか一緒に炒《いた》めた方がいいんだっけ。

レシピレシピ。検索。うん、玉ねぎはいらないか。

五人分ものオムレツをいっぺんに作るのは大変だしゼッタイにカンペキなオムレツの形にはならないので、最初からあきらめて、大きなフライパンでスクランブルエッグのオムレツもどきにしちゃえばいい。

それにクリームソースをかければオッケー。

よぉし。

廊下を歩く音がした。

「おはよう」

「お祖母ちゃんおはよう」

壽賀子お祖母ちゃん。

「早いね春香ちゃん。眼が覚めちゃったかい」

「うん」

「そういうもんだよね」

そういうものなのかもしれない。もしも、今度誰か友達が結婚することになったら言っておく。

結婚式の朝は早くに眼が覚めるよって。

「お祖母ちゃんもそうだった？」

「そんなの忘れちまったねぇ、大昔過ぎて」

笑った。そうだよね。五十年も六十年も前なんだもんね。

私も、そうやって笑えるように頑張るつもり。

「おはよう」

お母さん。

「早く起きてくるかと思ったけど、やっぱりね」

「期待に応える娘なもので」

「さすがね」

「シーツも入れといたから。掛け布団のカバーもついでにはがして持ってきちゃったけど」

「うん。洗っとくからいいよ」

もう使うこともないかもしれないけど。

「先に洗濯機回しちゃおうかな」

「あ、朝ご飯、私が全部作るから」

「あら」

「一人でかい？」

いや、一人でとは言いませんけれど。お手伝いしていただいてもいいんですけれど。

「何を作るのかい？」

「キノコのクリームソースをかけたオムレツもどきを作ります」

「もどきね」

お母さんもよくやるでしょ。オムレツ作るのはめんどくさいからってもどきを。

「それに、キャベツとベーコンのスープ。あとはトースト」

うん、ってお祖母ちゃんが頷いた。

「グレープフルーツがあったんだよ。春香ちゃん好きでしょう。買ってきたの。食べるかと思ってね」

「あ、じゃあそれはデザートにしましょう」

「皮を剝《む》いといてあげようかね。秋郎ちゃんは面倒臭がって食べないから。剝いて、それにヨーグルトをかけると豪華に見えるだろうね」

いいですねー。

「豪華な朝ご飯だわ。明日の朝はきっと急にしょぼくなったって言われる」

お母さんが言う。そうね。そうだね。私がいなくなったら食卓が急に静かに、メニューも地味になったとかね。

それは、何とかしてくださいね。

うん、いい。

もう作っちゃおう。

早くできたら、お父さんも秋郎も、二人ともさっさと起こしちゃおう。

何でこんな早く起こされるんだよ、って秋郎なんかはぶつくさ言うだろうけど、最後だぞって。

姉が作った朝ご飯を食べられるのは、今日が最後って。

「私が作る最後の朝ご飯かぁ」

「いや、そもそもあなた朝ご飯なんか滅多に作ってないから」

「そうでした」

すみません言い過ぎですねそれは。

「まぁいい予行演習だね。明日からの」

「いや、それがお祖母ちゃん」

向こうでは、朝ご飯は作らなくていいのよ。

「あら、そうだったね。何もかもできてるんだものね向こうでは」

義父の光彦さんが、そして義妹になる真由ちゃんが、朝早くからパンを焼いてそして総菜パンの材料も作ってしまうから、自然とその日の朝ご飯ができあがってしまうらしい。

「楽だねぇ。いいお家へお嫁に行くんだねぇ」

もう今日なんだねぇ、ってお祖母ちゃんが言う。

そう、今日は、結婚式。

私の。

私と、真平さんの。

【初出】
祥伝社WEBマガジン「コフレ」にて二〇二〇年六月から二〇二一年四月まで
連載され、著者が刊行に際し、加筆、修正した作品です。

切りとり線

あなたにお願い

この本をお読みになって、どんな感想をお持ちでしょうか。次ページの「100字書評」を編集部までいただけたらありがたく存じます。個人名を識別できない形で処理したうえで、今後の企画の参考にさせていただくほか、作者に提供することがあります。

あなたの「100字書評」は新聞・雑誌などを通じて紹介させていただくことがあります。採用の場合は、特製図書カードを差し上げます。

次ページの原稿用紙（コピーしたものでもかまいません）に書評をお書きのうえ、このページを切り取り、左記へお送りください。祥伝社ホームページからも、書き込めます。

〒一〇一―八七〇一　東京都千代田区神田神保町三―三

祥伝社　文芸出版部　文芸編集　編集長　金野裕子

電話〇三（三二六五）二〇八〇　www.shodensha.co.jp/bookreview

◎本書の購買動機（新聞、雑誌名を記入するか、○をつけてください）

＿＿新聞・誌の広告を見て	＿＿新聞・誌の書評を見て	好きな作家だから	カバーに惹かれて	タイトルに惹かれて	知人のすすめで

◎最近、印象に残った作品や作家をお書きください

◎その他この本についてご意見がありましたらお書きください

100字書評

明日は結婚式

住所

なまえ

年齢

職業

小路幸也（しょうじゆきや）
1961年北海道生まれ。広告制作会社を経て、執筆活動へ。2002年『空を見上げる古い歌を口ずさむ』で第29回メフィスト賞を受賞しデビュー。下町で古書店を営む大家族を描いた「東京バンドワゴン」シリーズが人気を集めている。他の著書に『うたうひと』『さくらの丘で』『娘の結婚』『アシタノユキカタ』「マイ・ディア・ポリスマン」シリーズ（いずれも小社刊）、「駐在日記」シリーズ、「国道食堂」シリーズほか多数。

明日《あした》は結婚式《けつこんしき》

令和３年７月20日　　初版第１刷発行

著者———小路幸也《しようじゆきや》

発行者——辻　浩明

発行所——祥伝社《しようでんしや》
〒101-8701 東京都千代田区神田神保町3-3
電話　03-3265-2081（販売）　03-3265-2080（編集）
03-3265-3622（業務）

印刷———堀内印刷

製本———ナショナル製本

ISBN978-4-396-63611-1　C0093
祥伝社のホームページ・www.shodensha.co.jp

祥伝社

文庫判

娘の結婚

「お父さん、会ってほしい人がいるの」

小路 幸也

男手ひとつで育てた娘が結婚相手を紹介したいという。
だが、その結婚には問題があって……。
娘の幸せをめぐる、男親の静かな葛藤と奮闘の物語。

祥伝社

文庫判

〈東楽観寺前《ひがしらっかんじまえ》交番〉、本日も異常あり？

マイ・ディア・ポリスマン　小路 幸也

交番に赴任してきたお巡りさんは元捜査一課の刑事。
幼馴染みの副住職は説法はうまいけど見た目はヤクザ。
彼らの前に現れたマンガ家志望の女子高生は伝説の○○の孫!?

祥伝社

文庫判

〈東楽観寺前交番《ひがしらっかんじまえこうばん》〉、怪事件出来中《しゅったいちゅう》？

春は始まりのうた

マイ・ディア・ポリスマン

小路　幸也

犯罪者が〝判る〟お巡りさん、
伝説の掏摸《すり》の血を受け継ぐ美少女マンガ家、
超絶記憶を誇る兄弟……そして、新たな凄《すご》ワザメンバーが登場!?

祥伝社

四六判文芸書

〈東楽観寺前交番《ひがしらっかんじまえこうばん》〉、史上最大のピンチ!?

夏服を着た恋人たち

マイ・ディア・ポリスマン

小路 幸也

オレオレ詐欺？
外国人不正雇用？　暴力団が暗躍？
連続する犯罪にはある繋がりが!?